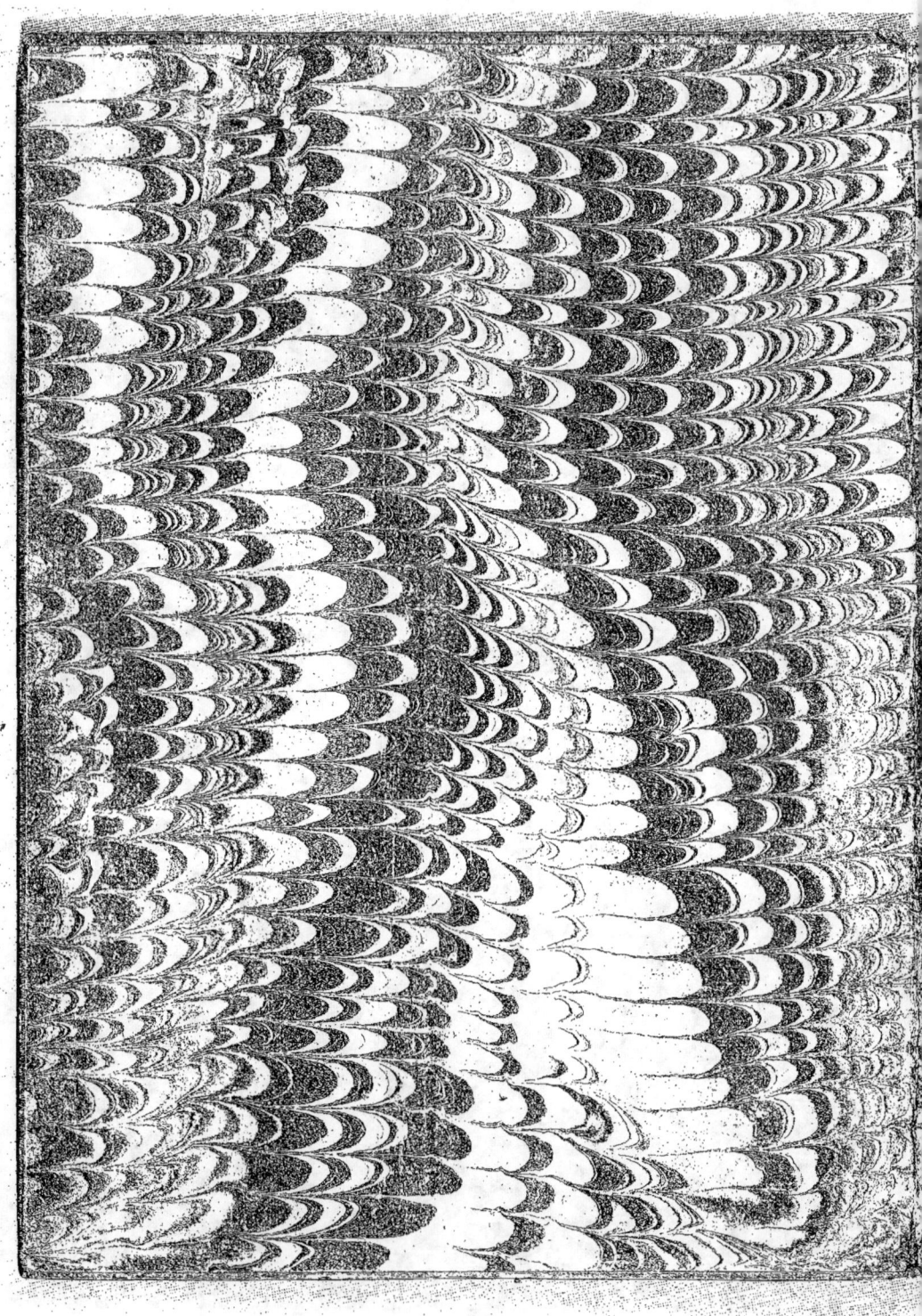

14

Cat. de Nyon. 1769. =

LE SAGE
IALOVX

TRAGI-COMEDIE

A PARIS,

Chez PIERRE LAMY, en la grand' Salle
du Palais, au second Pillier.

M. DC. XXXXVIII.

Auec Priuilege du Roy.

PAR Grace & Priuilege du Roy, donné à Paris le 17. d'Avril 1647. il est permis à Pierre Lamy Marchand Libraire à Paris, d'imprimer ou faire imprimer, vendre & distribuer pendant le temps & espace de cinq ans vn Liure intitulé, *LE SAGE JALOVX*, *TRAGI-COMEDIE*; auec défenses à tous Libraires & Imprimeurs, & autres personnes, de quelque qualité & condition qu'ils soient, d'imprimer ny faire imprimer ledit Liure, de n'en vendre ny distribuer autres exemplaires que de ceux qui feront imprimez par ledit Lamy, ou de son consentement, à peine de confiscation desdits exemplaires, & de cinq cens liures d'amende, comme il est declaré plus amplement en l'Original des Lettres passées le iour & an que dessus, scellées du grand sceau; Et signées, Par le Roy en son Conseil, OLIER.

LES ACTEVRS.

LISENE, fille de Fisbert, Maistresse du Prince.

DIANE, Sœur de Lisene.

FISBERT, Vieil Caualier, pere de Diane & de Lisene.

GORIN, Valet du Prince.

LE ROY de Boheme.

HENRY, Comte, amoureux de Lisene.

VN VALET.

LEONOR, Princesse de Hongrie.

ISABELLE, Seruante de Leonor.

ORVVIS, Valet.

SIGISMOND, Prince de Boëme, amoureux de Lisene

ALBERT, Frere de Sigismond, amoureux de Leonor.

LVCIDOR, Caualier.

FLORIN, Seruiteur de Lucidor.

La Scene est à Prague.

LE SAGE IALOVX,

TRAGI-COMEDIE.

ACTE I.
SCENE PREMIERE.

LISENE, DIANE.

Dans vn jardin à minuit, Diane voulant arracher vne Lettre de la main de Lisene, & Lisene auec vne bougie de cire allumée.

LISENE.

LAISSEZ-moy, vous dis-je, ie la déchireray, plûtost que la voyez.

A

DIANE.

Comment ? pouuez-vous bien auoir quelque secret
pour moy ? c'est me témoigner bien peu d'affection,
vous estant ce que ie vous suis : Quoy, vous treuuer
seule à ces heures icy, auec vn pacquet & vne chandelle, sans que i'en sçache le sujet ? ces Myrthes & ces
Iasemins meritent-ils le sçauoir plûtost que moy ? Si
vous craignez d'auoir des témoins de ce que vous faites, qui puissent parler contre vous, ne voyez-vous pas
bien que ie n'ay qu'vne langue, & ces témoins que
vous ne redoutez pas, en ont autant que de fueilles ?
par le vent qui fait, quoy que doux & agreable, ie les
entends murmurer; & ce ne peut estre d'autre que de
vous, voyant qu'estant vostre Sœur, vous vous défiez
de moy. Laissez Lisene, ce papier, ie vous prie, ou me
dites ce qu'il contient, & qui en est l'Autheur.

LISENE.

Il n'est pas à propos que vous le sçachiez; aussi n'en
verrez vous pas seulement vne lettre.

DIANE.

Ne suis-je pas vostre Sœur aisnée ?

LISENE.

En quoy est-ce que la parenté est icy considerable, pour

pour m'obliger à vous declarer mon secret ?

DIANE.

Sans doute, puis que vous vous cachez de moy en cette occafion, il faut que ce foit quelque chofe qui vous touche en l'honneur; car comme vous fçauez que ie l'ay en finguliere recommandation, vous auez honte que ie fçache vos legeretez.

LISENE.

C'eft vn artifice dont vous vfez, ma Sœur, pour tirer ce fecret de moy, encor que ie fçache bien que vous m'a-uez en autre reputation que vous ne dites. Mais confi-derez, en me taifant là-deffus, que ie vous garde le ref-pect, & que vous ne le perdez; & partant, ne preten-dez iamais que ie fatisface voftre impertinente cu-riofité.

DIANE.

Quand vous voudrez me cacher vos folies, ie ne m'en foucieray pas beaucoup: pourueu qu'elles ne vous tou-chent point en l'honneur, ie n'en feray point curieufe: mais eftant voftre Sœur aifnée, ie dois m'intereffer là dedans, car ce feroit vne faute qui toucheroit tous ceux qui vous appartiennent. L'heure eft extréme-ment fufpecte, & cette Lettre fans doute cache quel-que legereté de voftre part; & cette lumiere que vous

auez, monſtre que vous voulez publier voſtre peu de
ceruelle, parce qu'encor la faute qui ſe fait en l'obſcu-
rité, diminuë en quelque façon l'affront: le lieu n'eſt
nullement conuenable pour celles, qui comme vous,
doiuent faire profeſſion d'honneur; & la crainte que
vous monſtrez auoir de moy, augmente dauantage
mes ſoupçons: Ie ſuis voſtre meſme ſang, ie dois auoir
part, ou bien ou mal, à tout ce qui vous touche; & il
n'eſt pas mal-aiſé de juger, que quelqu'vn abuſe de
voſtre ſimplicité; ie l'appelle ainſi, pour ne luy pas
donner le nom de ſottiſe.

LISENE.

Ie penſe, ma Sœur, eſtre en meilleure reputation aupres de vous, & ie ne ſçay pas pourquoy vous me blâmez, auant que de ſçauoir ſi i'ay failly: Mes penſers,
(ſi vous fondez voſtre colere là-deſſus,) ſont ſi releuez,
que vous auez la veuë trop foible, pour penetrer juſ-
ques-là: quoy que vous ſoyez ma Sœur aiſnée, trait-
tez-moy mieux que vous ne faites; & ſi vous ſongez à
la malice, ſçachez qu'elle ne proceda iamais d'vn
cœur genereux; & ſi pour l'âge vous auez de l'auantage
ſur moy, ie croy en auoir plus que vous en penſers releuez: Si vous me voyez icy à l'heure qu'il eſt, apprenez
qu'il n'y a ny heures ny lieux ſuſpects, quãd la perſonne
ne l'eſt pas d'elle-meſme; & ſi vous me voyez auec vne

lumiere, c'eft figne que l'on ne doit pas craindre que ie faffe rien indigne de moy, témoignant qu'encor qu'il foit nuit, ie ne fais rien, que ie ne vueille bien qu'on voye : cette Lettre qui vous donne de l'inquietude, quoy que vous l'ayez injuriée, il fuffit qu'elle foit entre mes mains pour eftre exempte de tout foupçon ; & ce lieu icy, puis que ie l'occupe, doit eftre affez qualifié par ma prefence, qui feule eft fuffifante de donner de la reputation contre voftre mauuais fentiment, au lieu, à l'heure, à la crainte, à la lumiere, à la lettre, & au fecret que ie veux garder.

DIANE.

Mais pourriez-vous bien nier que l'Amour ne donne point lieu à ces extrauagances, & ne vous fait pas veiller plus qu'à l'ordinaire ?

LISENE.

Quand cela feroit, auez-vous quelque fujet d'eftre jaloufe de moy ?

DIANE.

Vous fçauez bien que i'ay toûjours efté ennemie de l'Amour, & que jufques à prefent i'ay méprifé tous ceux qui ont voulu témoigner en auoir pour moy.

LISENE.

Vous ne me dites rien de nouueau, ie vous connoy, comme celle qui a fecoüé le joug de ce Dieu qui donne les Loix à tout le monde, & que vous faites autant gloire de cruauté, que les autres en font de vertu; & c'eſt ce qui me fait peur, & qui me fait fuir de vous, car ie crains vne perſonne qui n'a iamais eu d'amour.

DIANE.

Ie loüe les Dieux que confufément i'ay compris quelque choſe de voſtre intention. Enfin vous m'aduoüez que c'eſt l'Amour qui vous oſte l'enuie de dormir, & que comme vn fubtil larron, il vous affaillit de nuit: puis que ie ſçay le commencement, ie puis bien aprendre la fin. Dites-moy, ma chere Sœur, quel eſt le bienheureux qui vous fait ſçauoir ſon amour par cet eſcrit? ne faites plus la ſcrupuleuſe, ie vous prie, confeſſez-moy la verité.

LISENE.

Ne treuuez point étrange, ſi ie n'oſe me découurir à vne perſonne, qni comme vous, ne ſçait que c'eſt d'amour.

DIANE.

Ie n'y ſuis pas peut eſtre ſi ignorante, que vous vous l'imaginez; ie puis eſtre ſçauante en la Theorie, ſans en connoiſtre la pratique ; & ceux qui voyant joüer les autres, connoiſſent mieux les fautes dans le jeu, que celuy qui joüent : ie conſerue ma liberté, mais ie ne blâmeray iamais la voſtre, quand elle s'adreſſera à vn ſujet digne de vous.

LISENE.

Si ie vous declare mon affection, ie ſçay bien que vous vous mettrez en colere contre moy.

DIANE.

Comment ? l'élection que vous auez faite, eſt-elle ſi baſſe, que vous craigniez de me la declarer ?

LISENE.

Au contraire, elle eſt ſi releuée, que ie crains que ſçachant la haute inclination que i'ay faite, vous ne m'appelliez trop hardie, ou que vous n'enuiez mon heur vous-meſme.

DIANE.

Dieux ! quel peut eſtre cet amour, qui donne lieu à de ſi grandes hyperboles !

LISENE.

Si le Comte de Mirefleur me recherchoit en mariage, & fut le ſujet de mon inclination & de cette Lettre, que diriez-vous ?

DIANE.

Que vous auriez fait choix d'vn homme bien digne de vous, & que vous auriez raison, & benissez vostre fortune.

LISENE.

Et si c'estoit vn homme encor plus qualifié que le Comte?

DIANE.

Plus qualifié que le Comte! resvez-vous?

LISENE.

Non, ie ne resve point: si le Marquis d'Olmonts, cousin & fauory du Roy, m'écriuit cette Lettre, & me recherchat en mariage, vaut-il mieux que le Comte?

DIANE.

Sans doute, ma Sœur; & ie vous tiendrois heureuse si cela estoit, car il n'y a point de party en tout ce païs qui le vaille.

LISENE.

Mais si vn autre homme bien plus qualifié que luy me recherchoit, qui me fit traitter d'excellence, & eut moyen de me faire donner vn tabouret chez la Reyne, que diriez-vous?

DIANE.

DIANE.

D'Excellence & de Tabouret chez la Reyne?

LISENE.

Oüy, le Duc d'Arneste, si vous auez pris garde aux res-
pects qu'il me rend, ne peut-il pas cela?

DIANE.

Voulez-vous que ie vous parle franchement, ma Sœur:
Vous semblez parler de sens rassis; & par vos discours,
ie voy que vous auez l'esprit troublé, & que vous estes
folle : Il est vray que nostre Pere est Gentil-homme, de
haute extraction, & qui auroit beaucoup plus de biens
qu'il n'en a, s'il eut esté moins fidelle à son Roy, qu'il
n'a esté ; & que cela estant, vous & moy aurions pû
pretendre à des partis approchans quasi de ce que vous
dites; & voyant que le meilleur nous manque pour
auoir des partis dignes de moy, & que l'or qui vaut le
moins, & qu'en mariage on considere le plus, n'est
point chez nous, pour ne degenerer point de ce que ie
suis, ie feins auoir de la haine pour l'Amour, & ne me
veux marier qu'auec mes seules pensées, qui estant extremément releuées, ne pourroient sans cela me donner vn mary digne de moy: Vous qui estes ma Sœur,
qui n'estes que d'vn an plus jeune que moy, qui n'auez

B

pas plus de biens, & guere plus de beauté, voyez ſi i'ay raiſon de me moquer de vous; & de croire, ſi le Duc a quelque inclination pour vous, qu'il a deſir de prendre voſtre honneur à ferme, & de ne vous payer iamais, ce que vous croirez qu'il vous devra.

LISENE.

Suffiſe ma Sœur, qu'à cauſe de noſtre miſere, vous ne croyez qu'vn homme qu'on traitte d'Excellence, ſe veüille arreſter à moy; mais vous vous étonnerez bien plus, quand on me traittera d'Alteſſe, en attendant ſa Majeſté.

DIANE.

Allez, ſotte.

LISENE.

Le Portrait vous en fera foy, que ie vous prie de conſiderer, auant que de voir la Lettre que ie vous veux faire voir.

DIANE.

C'eſt le Portrait de Sigiſmond Prince de Boheme; ie le connoy bien.

LISENE.

Et deuant qu'il ſoit peu, vous verrez l'original de ce Portrait là.

DIANE.

Ma Sœur, en vn amour ſi inégal, ie ne puis que ie crai-

gne vn mal bien grand : Le Prince Sigifmond, dont ie
voy le Portrait, eft feul heritier du Royaume de Boheme ; vous n'eftant Fille que d'vn fimple Caualier fon
fujet, qui eft plus riche en dignité qu'en biens, que
pouuez-vous efperer de luy ? Le Roy attend Leonor
Princeffe de Hongrie, excellente en beauté, auec qui
il veut marier fon Fils : L'Infant Albert, Frere du Prince , l'eft allé demander ; & dit-on mefme qu'ils doiuent
arriuer demain. Le mariage donc eftant certain du
Prince Sigifmond auec elle, à quoy vous feruent des
amours qu'il ne vous donne qu'en peinture ? & quelle
Alteffe pouuez-vous efperer, qui ne vous renuerfe en
bas, fi vous ne pouuez pas eftre fa Femme ?

LISENE.

Ie veux que cette Lettre vous releue de ce doute : allez,
ie vous la donne ; foyez fage & difcrete, en ne reuelant
pas ce fecret ; & fans faire dauantage l'étonnée, voyez
fi i'ay fujet de me loüer de ma fortune.

DIANE lifant la Lettre.

MOn Cœur, Le Roy mon Pere me marie, & ce
n'eft pas auec vous ; l'ambition luy porte, comme
fi l'Amour eftant vn Dieu, faifoit cas des Eftats de
Hongrie : Deuant que le jour de demain arriue, que
doit arriuer la Princeffe Leonor, ie vous veux mettre

B ij

*en possession du bien qu'elle espere posseder: afin qu'elle
treuue la porte fermée, ie vous veux donner la foy d'e-
stre vostre Espoux, en presence du Ciel & des Astres
qui l'ornent, qui seront les seuls témoins de nostre mariage, sans l'accomplir en façon quelconque, que toutes
les ceremonies ne soient auparauant obseruées; car vn
homme qui a bonne enuie de payer, ne craint point à
donner des gages: Ie veux seulement vous asseurer que
mon amour est honneste; & que démentant toutes les
opinions qui pourroient estre au contraire contre toutes
les puissances du Monde, le Prince Sigismond sçait
comme il faut legitimement aimer vne Fille, & esperer
son honneur.*

DIANE.

Que puis-je répondre, ma Sœur, à vne constance si
grande, à vne amour si parfait, à vne valeur si extraordinaire, & à vne grandeur si peu esperée. Le Prince Sigismond est le seul homme qui peut pretendre à la qualité de parfait Amant, & le seul de qui les effets suiuent
les paroles. O cœur vrayement Royal, qui prefere l'a-
mour d'vne Fille aux grandeurs qui luy sont asseurées,
qui veut éleuer vostre bassesse, & ne rien emprunter de
vous, que sur bons gages! I'ay à me plaindre de vous,
ma Sœur, de m'auoir si long-temps caché l'heur qui
vous attend.

L I S E N E.

Encor qu'on die que l'Amour communiqué foulage l'efprit, i'ay crainte de vous donner de l'enuie.

D I A N E.

Vous faites vn trop mauuais jugement de celle que vous deuez mieux connoiftre, & qui vous eft fi proche.

L I S E N E.

Eftant ma Sœur aifnée, i'ay craint que vous ne crûffiez que cet honneur vous eftoit mieux dû qu'à moy.

D I A N E.

Puis-je auoir vn plus grand heur au Monde, que de vous voir regner en ce païs?

L I S E N E.

Oüy, puis que vous pourriez pretendre d'y regner vous mefme.

D I A N E.

Laiffons ce difcours; & puis que vous connoiffez de quelle façon ie vous aime, ne me celez rien de ce que vous auez dans l'ame; car mon plus grand defir feroit de vous voir déja Reyne.

LISENE.

Si vous auez toûjours témoigné vne si grande haine à l'Amour, que pourrois-je esperer d'vne telle confidente?

DIANE.

I'en viendray peut-estre mieux à bout que vous ne pensez : Mais dittes moy, ie vous prie, combien y a-t'il que le Prince a cette passion pour vous:

LISENE.

Ie jure qu'il y a plus d'vn an qu'il m'adore; mais il n'y a qu'vn mois que ie le sçay.

DIANE.

Admirable souffrance ! mais quel est le confident entre vous deux ?

LISENE.

Vn homme veritablement de fort basse condition, Gorin nostre Valet, est le seul entremetteur de nostre amour: Le Prince s'est fié à luy, jusques à luy découurir les secrets de son ame.

DIANE.

Gorin est de fort jolie humeur.

LISENE.

Et telle, que luy feul a la clef des fecrets du Prince &
des miens? Il vient feul de nuit me voir auec luy; de
façon que de jour il eft noftre Valet, & de nuit Fauory
d'vn Prince qui méprife pour moy les Eftats de Pologne.

DIANE.

Ce font d'étranges miracles d'amour: Mais par où en-
tre-t'il pour vous voir?

LISENE.

Par la porte de derriere de ce jardin, dont il a fait faire
vne clef.

DIANE.

Vous l'attendez à cette heure, qui eft fort commode;
car noftre Pere n'eftant point au logis, il ne peut s'op-
pofer à voftre heur.

LISENE.

Il eft vray, ma Sœur, & ie ne croy pas qu'il tarde beaucoup à venir. Toubeau, i'entends ouurir la porte:
Ma Sœur, le voicy; il tuë la chandelle: Cachez-vous,
ie vous prie; car il fe fâcheroit peut-eftre que vous fuf-
fiez là.

DIANE.

Vous faites bien ; allez, ie me retire.

LISENE.

Et ma Lettre ?

DIANE.

Ie la mets dans ma manche, auec le Portrait que i'ay enuelopé dedans.

SCENE II.

LISENE, SIGISMOND, GORIN, DIANE.

LISENE.

Monfeigneur....

SIGISMOND.

Ma chere ame, ie vous voy : Tien, Gorin, tuë cette chandelle, il eft jour à prefent, puis que ie fuis deuant mon Soleil. Chere Lifene, l'enuie que i'ay de vous
affeurer

affeurer la poffeffion d'vn bien que ie vous ay promis, m'a fait venir icy. L'Infante de Pologne doit, à ce que i'entends, arriuer demain; Et pour affeurer les craintes que vous pourriez auoir, parce que l'Amour n'eftant qu'vn enfant, s'épouuente de peu de chofe, ie viens pour vous ofter de doute, vous donner la foy en pre-fence des Aftres qui nous éclairent, d'eftre voftre Ef-poux en dépit de tous les obftacles qui s'y pourroient rencontrer, fans defirer autre chofe de vous, que l'af-feurance que vous ferez à moy.

L I S E N E.

Vons feul reparez les fautes des Grands, qui le plus fouuent ne trouuent point de credit, voyant qu'ils ne payent point; mais vous, de peur d'eftre redeuable, payez par aduance; Ie ne vous fçaurois offrir des Eftats, comme la Princeffe Leonor; vous ferez feulement Roy d'vne ame qui vous adore; & fi ie fuis en biens fi peu de chofe, au prix de vous, au moins ay-je fujet de me confoler d'auoir vne ame, qui ne vous cede point en amour; & eftant telle, ie l'eftime plus, que fi ie poffe-dois toutes les Couronnes de la Terre.

S I G I S M O N D.

Cet amour ne fe peut payer qu'auec amour: Donnez-moy voftre main, afin que ie vous affeure la

C

poſſeſſion d'vn bien qui vous eſt aſſeuré : i'appelle à témoin le Ciel qui nous voit auec tant d'yeux, ces Fleurs,
ce Myrthe, ce Iaſemin, & ce ruiſſeau qui les arrouſe,
que ie ne ſeray iamais d'autre, que de vous ; & permet-
tez-moy, pour aſſeurance de mon dire, que ie baiſe ce
pretieux corail.

LISENE.

Toubeau, il y a icy des témoins qui nous écoutent ;
vne eſt venuë pour l'eſtre de la faueur que vous me faites. Ma Sœur m'a tellement épiée, qu'elle m'a volé
mon ſecret ; & quoy qu'ennemie d'Amour, elle eſtime
voſtre generoſité, & porte extremément voſtre valeur :
elle adore voſtre grandeur, & ſe louë de ma bonne
fortune ; ſi vous l'auez agreable, elle approchera d'icy.

SIGISMOND.

Faites la venir, i'en ſeray rauy.

LISENE.

Approchez, ma Sœur, ſon Alteſſe le trouue bon.

DIANE.

Seigneur, l'abondance des faueurs qu'il plaiſt à voſtre
Alteſſe nous faire, me rend muette ; & ie les croy
mieux exprimer par mon ſilence, que par mon diſcours : comme le ſilence eſt vne marque d'admiration,

ie fuis confufe de voir, que voftre generofité veut re-
hauffer noftre baffeffe, jufques à l'égaler à elle-mefme :
Ie ne m'en étonne point pourtant, parce que c'eft le propre des perfonnes Royales, de donner l'eftre à ce qui de
foy n'eft rien.

SIGISMOND.

Ie connois affez par ce difcours, que vous eftes Sœur
digne du fujet que i'adore : Croyez que ie ne m'abaiffe
point tant que vous dites : ne croyez pas que les Couronnes & les Trefors foient les plus grandes richeffes
du monde ; l'or, l'argent, & les diamans, viennent
d'vne terre fterile ; les perles, que le monde eftime tant,
fortent d'vne chetiue coquille ; la pourpre, qui fert de
plus grand ornement aux Monarques de la Terre, vient
du fang d'vn vil poiffon ; le cryftal, que le froid con-
gele, vient d'vn affreux rocher ; la foye, dont ont fait
les plus fuperbes habits, procede des entrailles d'vn infame ver ; les plus grandes Monarchies de la Terre font
quelquefois, & le plus fouuent, tombées entre les
mains d'vn barbare vfurpateur : mais les dons de la
Nature, qui font l'efprit & la beauté, ne font pas
ils procedent du Ciel, dont les dons furpaffent de beaucoup ceux que la Terre nous offre.

GORIN.

Seigneur, i'entēds du bruit ; c'eft voftre Pere, Madame,

LISENE.

Ah, justes Dieux ! ie suis perduë. Monsieur, sortez promptement d'icy, ie vous prie ; la porte du jardin est ouuerte.

SIGISMOND.

N'apprehendez rien, mon cœur, considerez ce que ie vous suis, & ce que vous me promettez de m'estre.

SCENE III.

FISBERT, ORMIN, LISENE, DIANE.

FISBERT.

Vn homme, dis-tu, est sorty du jardin ?

ORMIN.

Ne voyez-vous pas la porte de derriere ouuerte ?

FISBERT.

Sans doute il y a quelque chose cachée là dessous, esclaire. Qui est là ?

LISENE.

C'eſt moy, Monſieur, vous ſoyez le bien venu.

FISBERT.

Que faites-vous icy toutes deux à l'heure qu'il eſt?

LISENE.

La chaleur qu'il fait eſt ennemie du repos : nous nous
ſommes venuës promener icy pour y prendre le frais.

FISBERT.

Et pour en chaſſer la chaleur, vous auez fait ouurir
cette porte?

DIANE.

Le lieu icy eſt aſſez aſſeuré de luy-meſme, ſans qu'il ſoit
beſoin de fermer la porte, qui ne répond que ſur les
remparts de la Ville, & non ſur aucune place en ruë.

FISBERT.

Parlez, impudente, quel homme vient de ſortir par là?

LISENE.

Dieux! que dittes-vous?

DIANE.

Vn homme ſorty par là!

LE SAGE IALOVX,

FISBERT.

Aurez-vous bien le front de le nier; mais ce que vous me voulez taire, paroift affez fur ce front confus & interdit.

DIANE.

Ie ferois furprife du difcours que vous me tenez, fi i'eftois en autre reputation aupres de vous, & de ceux qui me connoiffent. Quand iamais auez-vous eu fujet de blâmer mes déportemens? ne fçauez-vous pas que l'ombre feulement d'vn homme me fait peur? & pour ma Sœur auffi, ie répondrois bien d'elle. Ne blâmez donc point, ny le jardin, ny la porte; & ne faites point de jugemens fi def-auantageux de nous.

FISBERT.

I'ay fujet de blâmer le jardin, il m'eft fufpect; ce fut dans vn jardin qu'Eue ofta l'honneur à fon mary: Mais i'attefte les Dieux, que ie veux fçauoir quel homme eftoit icy, & ce que vous y faites.

DIANE.

Ie ne puis pas fouffrir dauantage vn fi fenfible affront; i'ay honte feulement qu'on puiffe auoir cette imagination de moy: Et bien, bien, il me faut retirer en quelque Conuent pour affeurer vos foupçons.

FISBERT.

Voyez vn peu l'impudente.

DIANE s'en allant.

De peur de vous fâcher, i'ayme mieux vous laisser là.

FISBERT la voulant arrester par la manche, treuue
la Lettre & le Portrait.

Bon, voicy vne jolie Medaille & vne excellente Orai-
son; la Lettre est fort ciuile, & le Prince mesme pa-
roist fort amoureux en son Portrait. Est-ce là cette
Fille si retenuë, cette dédaigneuse, & cette cruelle!
Quoy tu es si sotte de croire vn Prince qui se doit marier demain? est-ce l'honneur que tu me fais sur mes
vieux jours, à te prostituer impudemment comme tu
fais? Tu crois posseder vn Roy en effet, mais tu ne l'auras qu'en peinture: Va, va, adjoûte foy à ses paroles;
fonde tes esperances sur cette Royauté imaginaire: Va,
ie l'eusse soupçonné de toute autre, plûtost que de toy.

LISENE bas.

Iustes Dieux! voila mon secret éuenté, & tous mes
desseins ruinez.

DIANE bas, à Lisene.

Faut-il que ie reçoiue cet affront pour l'amour de vous?

FISBERT.

Et toy, Lisene, tu me trahis aussi, & sert de confidente
à ses folles amours ! voila vne action bien digne de toy !

LISENE.

Moy, Monsieur, i'en suis plus étonnée que vous : ie
suis arriuée icy en mesme temps que vous ; & l'homme
que vous dites que vous auez veu sortir, s'enfuyoit sans
doute de moy : Me croyez-vous fille à souffrir ces im-
pertinences ? Comment, ma Sœur, estoit-ce que vous
veilliez toutes les nuits au jardin ? que vous dormiez de
jour ? Quoy, vous auez eu la vanité de croire que vous
regneriez ? mais voyez la presomption & la belle Creature, pour penser l'emporter sur l'Infante de Hongrie !
Si mon Pere faisoit son deuoir, il vous traitteroit comme vous meritez : En verité, le Royaume de Boheme
auroit mis la Souueraineté de ses Estats entre les mains
d'vne jolie Reyne ! Pardonnez-moy, ma chere Sœur,
en va. il m'importe là de vous parler de la sorte.

FISBERT.

Voy, sotte, où sont reduits ceux qui veulent entreprendre des choses impossibles, & au dessus de leur
portée ? Si leur ambition les fait monter trop haut, ils
meritent bien de tomber dans le precipice : si tu peux
recouurer

recouurer ton bon fens, tu auras peur de ce Portrait;
parce que s'il t'appelle fa Femme , & que le Prince fe
donne à toy en peinture, tu ne feras Reyne qu'en peinture auffi. Adieu ; & en attendant que ie parle au Roy,
& que i'empefche les deffeins de celuy qui te veut
tromper, efcoute & me croy   fi tu as enuie
de regagner ton honneur ; qui, s'il n'eft tout à fait perdu, court pour le moins grande rifque.

DIANE feule.

Cet étrange accident rend mes efprits confus ; ie fuis
tout hors de moy , fi iamais ie le fus. Faut-il, juftes
Dieux ! que ie porte la peine de la faute d'autruy ? Il
n'importe, pourueu que ma Sœur regne, ie n'ay rien
à fouhaiter ; & pour ce fujet, ie fouffrirois encor de
plus grands affronts.

Fin du Premier Acte.

D

ACTE II.

SCENE PREMIERE.

LE ROY DE BOHEME, Vieillard, & L'INFANT ALBERT.

ALBERT.

L'Infante Leonor, Monsieur, est à trois lieuës d'icy, où ie l'ay laissée, pour venir receuoir les ordres qu'il plaira à vostre Majesté me donner pour son entrée.

LE ROY.

Ie veux que toute la Ville de Prague sorte en feu, & qu'on n'oublie rien pour témoigner vne commune réjoüissance.

ALBERT.

En l'estat où elle vient, portant le deüil de la mort de son Frere, qu'elle a apprise par le chemin, ie ne croy

pas qu'elle les puiſſe bien goûter ; Et voyant que par
cette mort elle vient eſtre heritiere d'vn grand Royaume, ie m'imagine que la triſteſſe où ie la voy, procede
d'autre cauſe : Sans doute qu'on violente ſa volonté
en ce mariage ; & ie remarque auſſi beaucoup de froideur au Prince mon Frere, qui eſt peut-eſtre ce qui la
dégoûte : Ie croyois qu'il ſe dût déguiſer pour la venir
voir en chemin, ſous pretexte d'aller à la chaſſe ; mais
voyant cette froideur en luy, elle croit que ſon cœur
eſt dégagé d'vn autre coſté ; car quand on a de l'amour,
on ne va pas auec tant de retenuë.

LE ROY.

Et bien, que me voulez-vous dire pour cela ?

ALBERT.

Ah, mon Pere ! ah, mon Roy ! ainſi puiſſiez-vous
donner à iamais des Loix à cette Monarchie ; ainſi le
temps puiſſe conſeruer voſtre vieilleſſe venerable ; &
ainſi puiſſiez vous à jamais vaincre tous vos ennemis.
Ne tyranniſez point l'Amour, qui veut eſtre Souuerain
en ſes Eſtats ; & ne tâchez point d'vnir deux volontez
ſi contraires. Mon Frere n'ayme point Leonor, & ie
vous confeſſe librement que ie l'adore, & qu'elle me
voit de mon œil : Si vous auez deſir de conſeruer ma
vie, contentez Sigiſmond & Albert tout enſemble ; &

vous surpasserez en mon endroit la generosité des plus grands Monarques, & laisserez deux enfans successeurs de deux Couronnes.

LE ROY.

Ce discours est si hors de propos, qu'il ne merite pas seulement de réponse; la parole des Roys doit estre inuiolable: ie l'ay donuée au Roy son pere, de la marier à mon Fils aisné, & non pas à mon cadet; & faisant autrement, il auroit juste sujet de se plaindre de moy. Ne vous   pas ces folles imaginations dans l'esprit.

ALBERT.

Ah, Monsieur!

LE ROY.

Taisez-vous; ne m'épreuuez pas dauantage sur ce sujet là; & vous preparez pour retourner treuuer la Princesse.

ALBERT en s'en allant.

Ie m'y en vay, Monsieur: I'esperois tout autre traittement de vostre Majesté; mais ie vous treuueray peut-estre vne autre fois en meilleure humeur.

SCENE II.

FISBERT, LE ROY.

FISBERT.

IE fupplie voftre Majefté, Sire, de me donner audience d'vn moment.

LE ROY.

Si ce n'eft pour chofe d'importance, vous parlerez à moy vne autre fois; car i'ay bien des affaires à prefent.

FISBERT.

Sire, il vous importe de voftre repos, de voftre honneur, & du bien de tout l'Eftat.

LE ROY.

Mon repos, mon honneur, & le bien de l'Eftat! juftes Dieux! que fera-ce? approchez-vous d'icy: Parlez, fans vfer de preambules, ny de difcours fuperflus.

FISBERT.
Sire, il n'eft pas befoin de vous ramenteuoir les ferui-

ces que mes predeceſſeurs & moy auons rendus à cette
Couronne ; pour vous faire ſçauoir qu'elle eſt ma fidelité, témoin le peu de bien qui m'eſt reſté, pour auoir
tout employé à voſtre ſeruice.

LE ROY.

Et bien, vous venez m'en demander recompenſe, ie
vous entends bien : Eſt-ce là ce fait qui eſt ſi fort important ?

FISBERT.

Ce n'eſt point ce que ie demande à voſtre Maieſté, Sire ;
eſcoutez moy, s'il vous plaiſt : Pour tous biens, il ne
m'en reſte que deux Filles, qui ſont toute ma conſola-
tion ; & ſi i'euſſe eu dequoy les pouruoir ſelon leur
qualité, ie les marierois : mais…

LE ROY.

Et bien, vous me voulez demander quelque choſe
pour les marier ; nous en parlerons vne autre fois : cela
n'eſt pas ſi preſſé ny ſi important que vous dites.

FISBERT.

Non, Sire, ie ne vous demande rien pour ce ſujet.
Les dons qu'elles ont de la Nature, & la vertu qu'elles
tiennent de moy, que i'eſtime dauantage, ſont des dots
aſſez grands : il ſuffit qu'elles ſoient mes filles ; car ſi ie

souhaittois des partis releuez pour elles, vous ne me verriez pas icy pour le sujet que i'y viens; & il ne me manqueroit pas vn Prince, qui s'appellant mon Gen-dre, releueroit ma maison, jusques à l'égaler à la sienne. Ce qui m'amene icy, est pour rendre à vostre Majesté vn témoignage parfait d'vne fidelité inoüye : Diane l'aisnée a des pretentions si releuées, (& en cela elle se sent du lieu d'où elle est venuë,) qu'elle n'aspire pas à moins, qu'à la possession du Prince Sigismond vostre Fils, qui est le but de son esperance & de son amour.

LE ROY.

Ce n'est pas la premiere sotte qui a des folles imagina-tions : N'auez-vous autre chose à me dire ?

FISBERT.

Cela ne passeroit veritablement que pour vne folie, Sire, si le Prince Sigismond n'eust pas le premier tâché contre vostre volonté, malgré ses accords, auec la Princesse de Hongrie, de posseder ma Fille en legitime mariage, si ie n'eusse détourné ce coup, l'ayant appris par hazard.

LE ROY.

Le Prince Sigismond, auec Diane vostre Fille ?

FISBERT.

Oüy, Sire, ce que ie vous dis est vray.

LE ROY.

Vous eftes vn fol, mon amy, ie connois bien cette
fourbe : Vous vous eftes concerté auec mon jeune Fils
Albert, qui eftant épris des beautez de Leonor, vous
fait fans doute controuuer le menfonge; pour tâcher
par ce moyen de rompre le mariage de fon Frere, afin
de pretendre à la pofleder.

FISBERT.

Sire, vn homme comme moy n'a point affez de front
pour dire des impoftures à fon Souuerain : Que voftre
Majefté me connoiffe mieux, Sire, & ne faffe point
des jugemens fi def-auantageux de moy, qu'elle con-
noit pour fujet fidelle, s'il en fut iamais. Reuenant cette
nuit d'vn lieu que i'ay à la campagne, i'ay treuué la
porte de mon jardin ouuerte, par où i'ay veu vn homme fortir, qui eftoit auec mes deux Filles : Voulant
m'éclaircir de cette affaire; & dans la manche de ma
Fille aifnée, i'ay trouué ce Portrait & cette Lettre : que
voftre Majefté prenne la péine de la lire, s'il luy plaift,
& de confiderer cette peinture; & elle connoiftra que
ie fais profeffion d'eftre homme d'honneur, & tres-
veritable.

LE ROY après auoir leu la Lettre.

Fifbert, fi i'euffe fceu ce que vous valez, & conneu la
grandeur

grandeur de voſtre genereux courage, & la fidelité auec
laquelle vous me ſeruez, vous ſeriez en autre poſture
que vous n'eſtes : Mais ie vous promets d'auoir d'oreſ-
nauant plus de ſoin de vous que ie n'ay : Il faut tâcher à
couper pied à cet amour icy ; mais le temps eſt bien
bref, & ie ſuis en peine ce que ie dois faire là-deſſus.

FISBERT.

Sire, mon aduis ſeroit, de me dépeſcher le plus toſt
que ie pourray de marier ma Fille : Auant que la Princeſſe arriue, il faut que ie jette les yeux ſur quelque
Caualier qui ſoit de ſa porte ; & ſur tout, quoy qu'elle
aye peu de biens, qui l'égale en naiſſance. Cela eſtant,
le Prince voyant ſes deſſeins ruinez, rentrera en luy-
meſme, ne reſiſtera plus au mariage de la Princeſſe ; &
moy, ie ſeray aſſez recompenſé, d'auoir preferé la fidelité que ie dois à mon Roy, à l'intereſt que i'euſſe eu de
me voir grand Pere des Roys.

LE ROY.

Voſtre aduis me ſemble tres-bon, & ie ſuis reſolu d'en
vſer : Ne publions rien de cette affaire, i'en feray l'i-
gnorant ; & cependant, il faut que vous mariez Diane,
& que ce ſoit tout preſentement : Mais ie luy veux
donner vn mary de ma main ; & quoy que tard, com-
mencer par là à vous payer vne partie de ce que ie vous

E

doibs. Lucidor eſt vn braue Caualier, & de haute
extraction, puis que de ceux qui ont donné l'eſtre à
leur famille, ſont deſcendus les Roys d'Aragon : il m'a
en ſa jeuneſſe rendu de ſignalez ſeruices, que ie ſuis
obligé de reconnoiſtre ; ſon âge meur le rend plus ſage
& aduiſé. Il me ſemble que ce ſera vn ſujet digne de
voſtre Fille ; allez la querir, & me l'emmenez tout à
l'heure ; car de ce pas ie vay l'enuoyer querir, pour les
marier ſur le champ.

FISBERT.

Ie baiſe les mains de voſtre Majeſté, Sire, pour vn ſi
grand bien qu'il vous plaiſt me faire : Ie m'en vay de ce
pas executer voſtre commandement, rauy que vous
déteniez vn tel mary pour ma Fille, qui eſt tellement
conforme à mon deſir, que ie n'euſſe iamais oſé eſpe-
rer vne ſi haute Alliance.

LE ROY.

Allez, ie vous attends icy, & i'entre ; car ie voy le
Prince venir, à qui ie ne veux pas parler, pour faire l'i-
gnorant de ce qui s'eſt paſſé.

SCENE III.

SIGISMOND, ALBERT.

SIGISMOND.

QVE ie vous suis obligé, cher Frere, d'auoir jetté les yeux sur la Princesse Leonor, & d'apprendre qu'elle a la mesme inclination pour vous! Poursuiuez cette entreprise, & croyez que ie vous y seruiray de sorte, que Leonor & le Royaume de Hongrie seront en vostre possession, ou i'y perdray la vie.

ALBERT.

Ie vous suis tellement obligé, Monsieur, qu'exposeray librement la mienne en mille dangers pour vostre seruice : Ie suis rauy des nouuelles que vous m'aprenez ; mais prenez garde que Fisbert qui vient de quitter le Roy, n'est venu que pour l'informer de ce que vous m'auez conté qui vous est arriué cette nuit.

SIGISMOND.

Ie m'en doute bien, mais ie ne m'en mets pas guere en

E ij

peine ; I'ay veu Lifene, qui m'a tout conté ; i'ay fceu
d'elle qu'on ne la foupçonne de rien , & que c'eſt ſa
Sœur que l'on croit coupable : deſorte que cela ne peut
en façon quelconque nuire à mes deſſeins.

ALBERT.

Mais comment ferons-nous pour gagner la volonté
du Roy, qui n'y conſentira jamais ? ie l'ay tantoſt ſondé
là-deſſus : mais ie l'en treuué ſi éloigné, que ie deſeſpere
que vous ny moy ne puiſſions venir à bout de ce que
nous pretendons.

SIGISMOND.

Ne vous en mettez point en peine , le Ciel ſecondera
nos deſſeins : Mais ſortons d'icy, ie vous prie ; i'apper-
çois Fiſbert auec Diane , qui viennent chez le Roy : Ie
commence à peu pres à me douter du ſujet de leur venuë. Faiſons ſemblant de rien , & nous retirons.

SCENE IV.

FISBERT, DIANE.

FISBERT.

MA Fille, il ne faut point repliquer, le Roy le veut, & ie vous le commande : Que vos folles imaginations ne vous portent point à defirer des chofes impoffibles; il eft important pour le bien de l'Eftat, & pour le repos du Roy, que vous vous mariez; & le Roy vous donne vn Efpoux de fa main, qui eft au dela de ce que vous & moy pouuons iamais efperer : Que fon âge ne vous rebutte point; il n'eft pas encor fi vieil, qu'il foit capable de vous déplaire. Donnez-moy ce contentement là fur mes vieux jours, pour reparer au moins la faute que vous auez faite.

DIANE.

Monfieur, vous ferez tel jugement de moy qu'il vous plaira; mais ie fçay bien que ie n'ay aucune intention de vous déplaire; & pour affeurer vos foupçons, & vous faire connoiftre que ie ne fuis aucunement coupable   dont vous m'auez ſoupçonnez, les yeux bandez, ie   à ce que vous m'ordonnez: Quoy que le mariage aye toûjours extrémement choqué mon ſentiment, ie m'y reſous, puis que vous le deſirez; & puis que le party vous agrée, ie ne veux pas ſeulement auoir ma veuë deſſus; ie le tiens trop digne de moy, puis que vous l'eſtimez tel; & ſans aucune replique, i'obeïs à la loy que vous m'impoſez.

FISBERT.

Ie n'eſperois pas moins de vous, ma Fille; Allons treuuer le Roy qui nous attend. Mais le voicy qui ſort.

SCENE V.

FISBERT, DIANE, LE ROY, LVCIDOR.

FISBERT.

SIRE, voicy ma Fille que ie vous rameně, preſte à receuoir l'honneur qu'il plaiſt à Auguſte de luy vouloir faire.

DIANE à genoux.

C'eſt vn excés de bonté, Sire, qui porte voſtre Majeſté

à obliger vne creature qui fe juge indigne de tant
d'honneur: mais c'eft comme les Roys, qui eftans les
images des Dieux en terre, les imitent, en faifant de
rien, quelque chofe.

LE ROY bas.

Le Prince, à ce que l'on croit, ne s'eftoit pas mal adreffé.
Leuez-vous, ma Fille; les feruices fignalez que i'ay
receus de voftre Pere, m'obligent à les reconnoiftre en
vous, quoy que vous ne les meritiez que trop de vous-
mefme : Mais voyez Lucidor que i'ay enuoyé querir,
qui vient à propos. Approchez, Lucidor, les Roys
payent ce qu'ils doiuent toft ou tard; les feruices que
vous m'auez rendus ne meritent pas vne moindre re-
compenfe que celle que ie vous veux donner : Receuez
cette beauté que ie vous donne pour Femme; eftant
affeuré que d'vn tel couple naiftront de tres-dignes fuf-
ceffeurs; & auec elle, ie vous donne la Duché d'Albe
Royale.

LVCIDOR.

Ie doute fi ie veille, Sire, voyant ma fortune au deffus
de mes efperances : Ie fuis marry que ie ne correfpons
en merite & en âge à la beauté que vous me prefentez;
mais quoy que beaucoup plus âgé qu'elle, ie croy
qu'elle reglera fes defirs à ceux de la perfonne qui nous
joignit enfemble.

FISBERT.

Monſieur, Diane eſt ſage, à qui i'ay propoſé le party
qu'il plaiſt au Roy donner, qui m'a témoigné deſirer ſe
regler en ce poinct à la volonté du Roy, & à la mienne,
& eſtimer plus voſtre âge meur pour ſa ſageſſe; ie vous
répons pour elle; & eſtant preſent, vous excuſerez ſon
ſilence, qui n'eſt pas quelquefois la choſe qui ſoit mal-
ſeante à vne Fille. Si le Printemps nous donne des
fleurs, l'Automne nous apporte des fruits, qui ſont bien
plus vtiles & de plus longue durée.

DIANE.

Mon Pere, comme tel, a répondu pour moy; & ie le
prie de me permettre de vous aſſeurer, que ie n'ay point
d'autre volonté que la ſienne, qui ſe conformera toûjours à celle du Roy.

LE ROY.

Mais ie ne vous ay encor rien donné, Diane.

DIANE.

Ie croy participer aux liberalitez qu'il a plû à voſtre
Majeſté élargir au Duc mon Seigneur.

LE ROY.

Il ne ſeroit pas raiſonnable que vous ne luy apportaſſiez
rien

rien en mariage, & partant à fa Duché d'Albe Royale, adjouftez celle de Caffulie, dont ie vous fais prefent.

FISBERT, DIANE, & LVCIDOR à genoux.

FISBERT.

Nous nous profternons à vos pieds, Sire, en recon-
noiffance d'vne fi extraordinaire faueur.

LE ROY.

Leuez vous, mes amis : & vous Fifbert, vous auez à ce
que j'entens vne autre fille à marier, croyez que i'en
auray foin, quand il fe prefentera vn party digne
d'elle.

DIANE.

Tant de liberalitez, Sire, me rendent fi confufe que
ie ne puis que refpondre à voftre majefté.

LE ROY bas.

Voicy venir le Prince, diffimulons noftre fentiment,
approchez, Sigifmond, & felicitez Lucidor tant de
fon mariage que des dons que ie luy ay faits, il merite que vous vous en réjoüiffiez pour les obligations
dont ie luy fuis redeuable, & eft digne mary d'vne
telle efpoufe qu'eft Diane.

F

SIGISMOND bas.

Il faut feindre du ressentiment, quoy que cette action
me comble de joye, il n'est pas necessaire que ie le
felicite, puisque vostre Majesté l'aura fait pour tous;
mais vous auez esté bien viste en ce mariage, que vous
ne deuiez pas tant presser ce me semble.

LE ROY.

Pourquoy!

SIGISMOND.

Pour chose que ie ne veux pas dire pour cette heure,
mais que ie declareray en temps & lieu.

LVCIDOR.

La à Dieu ne plaise, Seigneur, que ie souhaitte aucun
bien ny aucune grandeur, si cela choque vostre sen-
timent.

SIGISMOND.

Taisez vous ie vous prie Lucidor, vous deuiez ce me
semble estant ce que ie suis l'auoir communiqué auparauant auec moy.

LVCIDOR.

Le Roy vostre pere.

SIGISMOND.

Taisez vous, vous dis-je, le Roy mon pere pouuoit bien auparauant.

LE ROY.

Que veut dire cela ! auez vous bien cette hardiesse deuant moy,

SIGISMOND.

Ce sont des iustes ressentimens d'vn déplaisir que i'en reçoy, dont peut-estre vous ignorez la cause.

LE ROY.

Ne suffit-il pas que ie le veux.

SIGISMOND.

Ouy, Monsieur, mais pourtant

LE ROY.

Taisez vous, vous dis-je, & ne vous opposez pas à ce que i'ay resolu.

LVCIDOR bas.

Que veut dire cela, grands Dieux, que le Prince s'oppose à mon contentement.

F ij

SIGISMOND.

Sçachez , Monſieur, que vous ne pouuez faire choſe
qui me deſobligeas dauantage.

LE ROY.

Allez, ie ſçay d'où procedent ceux   ceux qui
comme vous font de ſi injuſtes élections, ne meritent
pas d'autre traittement.

FISBERT bas.

Ie voy bien le deſplaiſir que le Prince reçoit , mais ſi
Diane eſt mariée , c'eſt à ſon mary maintenant à prendre garde à elle.

LVCIDOR bas.

Ah ! inconſtante fortune, en quoy ay-je pû offencer le
Prince, juſtes Dieux !

LE ROY.

Allez , heureux Amants, acheuer cet agreable hyme-
née , & vous Sigiſmond entrez icy dedans moy auec
moy , i'ay quelque choſe à vous entretenir ſur ce ſujet.

Tous font la reuerence au Roy & le quittent.

LVCIDOR bas.

Juſtes Dieux ! qui pourroit eſcouter ce diſcours pour
connoiſtre par là , qui peut obliger le Prince à me trai-
cter de la ſorte.

Fin du ſecond Acte.

ACTE III.

SCENE PREMIERE

ALBERT, LE ROY.

LE ROY

T bien estes vous encor dans vostre folle pretention, n'auez vous pas ouuert les yeux, & connu vostre fort dans vne si injuste pretention de vouloir posseder la Princesse, qui pour le bien de mes Estats est destinée pour vostre épouse à vostre frere Sigismond.

ALBERT.

Monsieur, la croyance que i'ay euë que mon frere n'auoit aucune inclination pour elle, comme il ne le témoignoit que trop, a porté mes desirs à cette haute pretention, mais sur le recit que ie luy ay fait du merite & des rares vertus de cette belle Princesse, & voyant de plus qu'en cela j'agissois contre vostre vo-

lonté, i'ay estouffé ce desir en sa naissance, contre qui
ie serois bien marry qu'à mon occasion le repos de
vostre Estat fust troublé, mais ie suis bien asseuré, que
si tost que le Prince Sigismond veüe, il luy sera impossible de resister à l'effort de tant de charmes, pour
moy ie ne veux point entreprendre vn impossible, ny
rien contre vostre volonté ; ie supplie seulement vostre majesté de pardonner à ma trop grande hardiesse
de considerer doresnauant mon obeissance, qui sui-
ura toûjours les intentions de vostre majesté, qui me
seruiront eternellement de loy.

LE ROY.

Venez-ça que ie vous embrasse, mon fils, puisque
vous vous mettez à vostre deuoir, i'espere qu'elle
veuille, ou non y ranger vostre frere & l'empescher
de s'opposer à mes desseins, quoy que ie pense que i'y
auray doresnauant peu de peines, ayant osté l'obstacle,
qui le faisoit opposer à mon contentement, i'ay marié
Lucidor à Diane qui estoit l'objet, qui l'obligeoit à
mespriser celle que ie luy ay destinée : & quoy que ie
n'aye point de sujet à present de craindre aucun obstacle, ie veux que vous le meniez auec vous voir
la Princesse, puisque vous m'asseurez que les charmes auront le pouuoir de remettre de tout poinct les
esprits égarez.

ALBERT.

Si voſtre majeſté conſidere l'âge où il eſt, elle excu
ſera facilement cette fougue de ieuneſſe, & puis
voyant à preſent que la choſe eſt ſans remede, & ſa
Maiſtreſſe mariée, il ne faut pas s'imaginer qu'il y
ſonge dauantage, principalement, quand ie luy auray fait voir ce ſujet ſi digne d'adoration.

LE ROY.

Mais Leonor, eſt-elle ſi belle que vous dittes?

ALBERT bas.

Iuſtes Dieux! voyez où il m'eſt important de mentir,
Monſieur, vous verrez en elle vn veritable portrait
d'vne fille qui luy reſſemble ſi naturellement en cette
Cour, qu'il n'eſt rien de ſemblable.

LE ROY.

Qui peut eſtre celle-là?

ALBERT.

Ie n'ay veu de ma vie vn miracle pareil; c'eſt vn vray
portrait de Liſene.

LE ROY.

Qui eſt cette Liſene?

ALBERT.

La fille de Filisbert, sœur de Diane, que vous venez de marier à Lucidor.

LE ROY.

Est-elle plus belle que sa sœur aisnée!

ALBERT.

Il n'y a point de comparaison, Monsieur, Diane est belle; mais Lisene est incomparable.

LE ROY.

Si cela est, pourquoy le Prince ne s'est-il addressé à elle plustost qu'à l'aisnée?

ALBERT.

Il s'est addressé où son inclination l'a porté, aussi Diane merite-elle bien que l'on l'ayme.

LE ROY.

Mais, me dites-vous, qu'elle ressemble si fort à la Princesse?

ALBERT.

C'est le veritable portrait de cest original pour vous le dire en vn mot; c'est vn autre Leonor.

LE ROY.

LE ROY.

Ce n'est pas chose estrange , que la nature fasse quelquefois des visages pareils les vns aux autres , nous en auons plusieurs exemples dans l'antiquité, & cela peut mesme arriuer tous les iours, mais quand pretendez-vous partir pour l'aller querir , car i'ay donné déja l'ordre necessaire pour sa reception.

ALBERT.

Ie ne fay qu'attendre le commandement de vostre Majesté, mais elle m'a commandé sçachant qu'il y a icy vne fille qui luy ressemble si fort , de la luy mener pour la voir, ce que ie pretends faire , si vostre Majesté le commande.

LE ROY.

Ie veux qu'en tout on suiue ses ordres, & qu'elle soit obeye comme moy-mesme , mais que diriez vous qu'il me prend quasi enuie d'aller au deuant d'elle deguisé pour la voir plustost , & considerer le miracle d'vne si grande ressemblance.

ALBERT.

C'est chose que vous ne pouuez manquer voir aujourd'huy, sans que vous vous donnez tant de peine, mais

G

de quelle façon vous pourriez vous defguifer pour n'e-
ftre pas connus ; la Majefté des Roys ne fe fait que
trop connoiftre s'ils font en terre , ce que le foleil eft
dans les Cieux , il vous faudroit couurir d'vne haine,
dans l'efclat pareftroit-il bien, que ce corps fuft caché;
mais voicy le Prince qui vient.

LE ROY.

Puifque l'occafion fe prefente fi à propos , retirez vous
d'icy , ie luy veux parler en particulier , & luy faire
vne leçon : de quelle façon il doit dorefnauant viure,
s'il n'a enuie de me déplaire.

ALBERT bas en s'en allant.

Amour authorife mes deffeins , & que ie puiffe con-
duire à heureufe fin cette belle entreprife , l'Infante
fera à moy, quoy qu'il puiffe arriuer , puifque le Prince eft d'accord auec mes defirs ; & que Leonor les
authorife.

SCENE II.

LE ROY, SIGISMOND.

LE ROY.

PRince, si les Roys prenoient garde aux libertez
de la jeunesse qui tasche à destruire leur authorité,
& qui sont capables de destruire leur amour , vous
esprouueriez plustost en moy les rigueurs d'vn ennemy offencé, que les douceurs d'vn pere, de sorte qu'v-
ne autrefois vous ne vous hazarderez pas à me perdre
le respect comme vous auez fait iusques icy ; mais par
ce que ie croy que vous ferez à l'aduenir plus sage,
que vous n'auez esté , & que vostre frere m'a asseuré,
que vous vous repentez de vostre faute , & que
doresnauant vous auez dessein de suiure entierement
mes sentimens , & d'aymer celle que ie vous veux
donner pour Espouse, laissant entierement ces vaines,
& inutiles chimeres, qui mal à propos occuperent vostre aspect , ie veux oublier le passé , pourueu que
vous me confirmiez que ce que l'on m'a dit soit veritable.

G ij

SIGISMOND.

Monſieur, ie ne puis nier que ie n'aye aymé Diane,
des l'heure que i'ay ſceu qu'elle meſpriſoit ſi fort l'a-
mour, cela m'a porté à en auoir pour elle, car les
courages genereux ne ſe doiuent porter qu'aux entre-
priſes, où ils trouuent de la reſiſtance, & ce n'a pas
eſté peu de gloire à moy de l'auoir vaincu; ſi cela vous
a offencé, Monſieur, ie vous aduouë que ie ſuis coupable, mais maintenant que la raiſon m'a deſillé les
yeux, ie cognois, par ce que i'ay ouy dire que l'eſlectiō
que vous auez faicte pour moy m'eſt beaucoup plus
aduantageuſe, puis que ie viens à regagner en Leonor,
ce que i'ay perdu en Diane.

LE ROY.

Auec tout ce témoignage que vous me rendez de voſtre obeiſſance, & de voſtre repentir, vous ne me ſa-
tisfaites pas encor entierement, ie ne ſuis pas à faire ex-
perience que leur amour bien enraciné ſe conſerue
long-temps dans le cœur quelque gueriſon que nous
ayons d'vne playe faſcheuſe, la cicatrice y demeure
touſiours; c'eſt en vous ſeulement qu'il faut que cette
maxime manque, parce que l'amour que iuſques à
preſent vous auez eu pour vn ſujet indigne de vous, il
faut qu'elle reſſemble à la marque imprimée ſur le ſa-

ble, qui estant recouuerte la trace ne s'en voit plus; ie
sçay le pouuoir que Diane a eu pour vous, & que si ie
n'eusse esté heureux à rencontrer vn fidelle sujet, qui a
empesché le malheur, qui eust esté le plus grand qui
m'eust pû arriuer, vous auriez sans doute causé ma
mort par vn mariage si inégal. Ie sçay tout ce qui s'est
passé dans le jardin entre vous & elle, & que peu s'en
fallut que son pere ne vous y surprist, qui n'a pas lais-
sé de connoistre vne partie de vos folles intentions,
que ie promets d'oublier si vous vous en rendéz digne.
Il a sagement marié sa fille auec vn homme digne d'elle;
Lucidor est homme d'honneur & noble; Diane est sa
femme, vous en auez vne qui vous vaut bien, & qui
vaut plus qu'elle; si vous auez desormais des sentimens pour son sujet indignes de ce que vous estes, &
que vous peussiez r'allumer des affections qui doiuét
estre entierement esteintes; estouffez les si vous me
voulez plaire, & faire vostre deuoir, & sçachez que
les offences que vous ferez à Lucidor, ie les tiendray
faictes à ma propre personne. Diane, à maintenant vn
mary qui est d'honneur & d'estime, suffit que ie le
tienne pour tel, & pour vous obliger à ne vous oublier
pas enuers luy, & n'auoir aucune memoire d'elle; elle
vous renuoye par moy vos lettres & vostre portrait,
monstrant par ce moyen puis qu'elle vous rend vos
gages, que vous l'auez satisfaite, & que vous ne luy

deuez plus rien; voftre bon-heur confifte à les defchirer, & à n'y penfer plus : prenez garde à ce que vous ferez, & que fi à prefent ie vous pardonne cette premiere faute, que ie n'en feray pas de mefme de la fecóde.

Il luy laiffe la lettre & le portrait entre les mains, & s'en va.

SIGISMOND.

Ie fuiuray voftre ordre punctuellement, Monfieur, ie fçauray faire eftat de Lucidor, & ne fongeray iamais à Diane Iuftes Dieux ! tout m'arriue à fouhait à ce que ie voy.

Il fait femblant de mettre la lettre & le portrait dans fa poche, il les met auprés, ils tombent, il s'en va ; & Lucidor entre, qui fait vne grande reuerence à Sigifmond, qui fort fans la regarder.

SCENE III.

LVCIDOR feul.

Q Ve veut dire cecy, grands Dieux ! que tout ce que ie voy & tout ce que ie rencontre ne tend qu'à ma confufion, fuis-ie fi odieux enuers le Prince, qu'il foit jaloux de mon bon-heur, & enuieux de ma

fortune, mais que voy-ie icy à mes pieds, c'eſt vn portrait & vne lettre; ce portrait eſt du Prince, qui luy
vient ſans doute de tomber de la poche, & c'eſt eſcrit auſſi, liſons ce qu'il veut dire. Il lit:

Mon cœur, le Roy me veut marier, & ce n'eſt pas
auec vous, comme ſi l'amour eſtant vn Dieu faiſoit
cas des Eſtats de Hongrie. Ah! Dieux, ie ne cōprends
que trop la cauſe de cet eſcrit & les meſpris du Prince en
uers moy, voila la cauſe de ſon deſplaiſir, & celle de mō
infamie, il m'a ſans doute oſté l'hōneur, & c'eſt le ſujet pourquoy il n'oſeroit paroiſtre deuant moy, eſt-ce
là la grandeur où ce Roy me veut mettre pour m'ab-
baiſſer auec plus d'ignominie. Ah! pourquoy le Roy
m'a-t'il marié? pourquoy m'a-t'il fait grand pour ma
honte? pourquoy m'a-t'il donné vne femme, ſa faueur & ſes tiltres ſpecieux de grandeur pour m'oſter
ce que i'eſtimois bien dauantage; le Prince ayme ma
femme, n'en doutons plus, tenons noſtre gloire fle-
ſtrie, & noſtre mal-heur certain. Le Roy m'a marié
ſans que ie l'en aye requis; Diane eſt jeune & belle,
mon âge fort diſproportionné au ſien, le Prince eſt
jeune, & robuſte; ſon pouuoir s'eſtend par tout, &
ne reſpecte perſonne, luy amant, elle femme, tous
deux d'accord, comme il eſt à croire, quel iugement
puis-ie faire la deſſus; honneur, ſoupçonnez-le vous
meſme, car ie ne vous oſerois offencer. Continuons le
reſte.

IL LIT.

Deuant que le iour se passe, mon amour vous veut donner cette nuict entrée & possession. En puis-je auoir vn plus grand témoignage, comment la possession. Ah! mon honneur, voy si mes apprehensions sont vaines, amour considere que les diuinitez n'exercent point de tyrannie, ou ne vous appellez point Dieux, ou n'aspirez pas à la possession du bië d'autruy.

IL LIT.

Afin que l'Infante arriuant elle trouue la porte fermée.

　　La mort sans doute l'ouurira, si ie puis verifier les affronts, dont pourtant ie ne voy que trop de marques.

IL LIT.

Ie vous donneray la main sans desirer mettre mon amour en execution, parce que ie ne suis pas comme celuy qui reçoit sans intention de payer.

　　Respirons vn peu mon honneur, car si contre toute apparence il n'a pas encor mis son amour en execution, ie vous deffendray honneur, ou ie mourray à la perte.

IL LIT.

Ie vous veux seulemët, que mon amour n'a que les fondemens honnestes.

Vous auez menty, Sigifmond, & puifque vous voulez
m'ofter l'honneur, quel credit puis-je donner à vos paroles, puifque la main qui l'a efcorté a menty, & qui
eft-ce qui peut croire que celuy qui pretend maintenāt
d'en joüir, n'en eut pas eu la poffeffion? ie n'en ly pas
dauantage, mon foupçon n'eft point efclaircy par la;
car iamais aucun amant ne garde fa parole en pareille occafion non, non, ces excufes ne font point legiti-
mes, car quand on donne des gages, c'eft figne qu'on
empruñte quelque chofe deffus; vous pourtant, vous
auez efté en fon pouuoir, & dans fon fein comme l'o-
riginal dans fon cœur, & puifque vous y auez fait re-
fidence, vous aurez fans doute payé voftre gifte, ce
n'eft point vous que l'on efcorte, non? C'eft moy-
mefme; ouy, ouy, ie ne doute point, quoy que ie vous
trouue icy, que c'eft moy que Diane efcorte pour con-
feruer vn Roy? veillons donc foigneufement à la garde de cet honneur qu'on me veut rauir, fi tant eft
qu'on ne l'aift pas encor fait; foyons eternellement
en fentinelle, il faut agir & fe taire, le filence en cecy
opere plus que le difcours, i'ay des indices trop clairs.
Diane, fi ie puis connoiftre que les penfers fe mettent
en execution, ma langue fe taira, & remettra à mes
mains la vengeance de mon honneur; mais j'apper-
çoy le Prince auec fon frere, ne paroiffons point &
fuyons de luy, quoy que ce déuroit eftre luy, puis qu'il

m'offence qui déuroit redouter ma prefence ? retirons
nous, & efpions leurs actions, s'il nous eſt poſſible.

SCENE IV.

ALBERT, SIGISMOND.

ALBERT.

EN fin comme ie vous contois, i'ay fait ſçauoir
au Roy, que Liſene eſt vn vray portrait de l'Infante, & vne reſſemblance ſi miraculeuſe, qu'il eſt
impoſſible d'en faire la difference ; il l'a creu, de ſorte qu'il vouloit aller aujourd'huy deſguiſé voir cette
merueille, mais ie l'en ay diſſuadé; l'Infante, comme
ie vous ay dit, qui ſçait l'aduerſion que vous auez pour
elle, & qui correſpond à l'amour que ie luy porte, deſire qu'on l'entretienne en cette croyance, l'ayant ad-
uertie de tout par lettres; elle eſt d'aduis que vous meniez voſtre maiſtreſſe auec vous au deuant d'elle, ce
que le Roy trouue bon, luy ayant fait ſçauoir comme
la Princeſſe le deſire, elle veut communiquer auec
elle tout ce qu'elle déura dire au Roy, afin de ne tomber point en faute, & de peur que cette fiction ne
ſoit deſcouuerte par ceux qui la viendront viſiter; elle

eſt reſoluë de s'enfermer dans ſa chambre auec Liſene, & ne receuoir de viſites de perſonne, diſant que
ayant ſceu en chemin la nouuelle de la mort de ſon
frere Vratiſſay, il n'eſt pas raiſonnable que perſonne
la viſite ſi toſt au commencement de ſon dueil, comme il y a ſi peu qu'elle eſt venuë, & perſonne ne l'ayãt
encor veuë, il a eſté fort facile de faire courir le bruit
de cette reſſemblance par toute la Cour, de ſorte
qu'il n'y en a pas vn qui ne croye que c'eſt le vray
portrait de Liſene, ce qui reſte à faire : mon frere, il
faut faire en ſorte que Liſene vienne voir la Princeſſe auec vous, & que Diane ayde de ſon coſté à
cette fourbe.

SIGISMOND.

Il faut aduoüer que la fourbe eſt excellente, & digne de voſtre aſpect, & conforme à mes deſſeins, il
faut que i'enuoye Gorin aduertir Liſene, car ie n'ay
autre que luy, à qui ie me puiſſe fier, mais retirons
nous d'icy, les murailles peuuent auoir des oreilles,
& tâchons de faire aduertir Liſene.

SCENE V.

LVCIDOR seul.

ILs ont long-temps difcouru enfemble, & ce fecret
entretien ne peut eftre que de mon infamie, à des
defabufemens fi certains, & à des foupçons fi confir-
mez, qu'eft-il befoin mon honneur, de chercher des
indices plus grands, & des preuues plus claires ? Neantmoins puifque vous eftes le feul iuge, ne vous laiffez
point de les verifier, car toutes font de trop d'importance, iufques à ce que le projet foit entierement fait,
& ma vengeance executée. Iuftes Dieux ! faut-il que
les loix du monde ayent fondé l'honneur d'vn homme
qui eft d'vn tel poids fur vne femme, fur vne plume
que le moindre vent emporte, honneur apres vous
auoir conferué tant d'années, vous auoir acquis auec
tant de peine, vous auoir rendu illuftre par tant de ge-
nereufes actions, faut-il qu'vne feule penfée vous de-
ftruife ! vn leger foufle vous tuë ! qu'vn peu de vent
vous emporte, & qu'vne femme vous aneätiffe ! mais
fi vous eftes fragile comme verre, faut-il s'eftonner

qu'vne femme en tombant vous mette en pieces? Il
faut me deffaire de cette ingratte, auant qu'elle ruine
mon honneur, si tant est, qu'il soit encore en estre. Il
faut qu'elle meure la perfide ! mais comment si le
monde voit la vengeance que i'en feray, il cognoistra
la faute qu'elle aura faite, qui sera diuulguée par tout,
ou maintenant elle est secrette, seray-ie satisfait de
cette façon là? Non, ie le feray bien en public, mais la
marque de l'affront me demeurera eternellement? Secrets, cherchez des remedes; honneste industrie, rai-
sonnez moy la dessus, que personne ne sçache de
moy, rien qu'on ne puisse reprocher, il ne sera point
qu'vne femme me rauisse, ce que i'ay acquis par le
prix de Gaul de sang. Mais si ie ne m'en deffaits point,
elle m'affrontera sans doute : & si ie la tuë, ie publie
par tout ma honte. Que dois-ie faire, grands Dieux !
entre ces deux extremitez ; mais ie voy Gorin qui
semble approcher d'icy auec crainte, retirons nous,
il n'y à rien qui ne me donne ombrage, il ne m'a point
veu, cachons nous.

SCENE VI.

GORIN, LVCINDE, LVCIDOR caché.

GORIN.

LVcinde, ou eſt ta maiſtreſſe!

LVCINDE.

Elle eſt la haut, que luy veux-tu!

GORIN.

Il faut que ie parle à elle, noſtre maiſtre eſt-il au logis.

LVCINDE.

Non:

GORIN.

Ie puis donc bien te dire vn mot de mon affection,
&c. Il la peut cajoler & donner vn baiſer.

LVCIDOR bas.

Voyez ce qui ſe paſſe en mon abſence, mais eſt-il pas
raiſonnable que les ſeruantes imitent leurs Maiſtreſſes.
Qui eſt là!

GORIN.

Ah ! nous voyla furpris , Monſieur.

LVCIDOR.

Que faittes vous icy tous deux !

GORIN.

I'attendois que vous vinſſiez , Monſieur , pour voir ſi
vous n'auiez que faire de moy.

LVCINDE.

Et moy, de la part de ma Maiſtreſſe, comme vous tar-
diez tant , j'eſtois deſcenduë pour voir ſi vous eſtiez
arriué.

LVCIDOR bas.

Allez , montez là haut, ſans doute ceux-cy ſont les mi-
niſtres de ma honte.

Lucinde ſort, & comme Gorin veut la ſuiure , Lucidor l'appel.

LVCIDOR.

Gorin.

GORIN.

Monſieur.

LVCIDOR.

Ie ne trouue pas bonnes ces priuautez auec les ſeruantes du logis, vous déuriez auoir plus de respect, & y proceder auec plus de retenuë.

GORIN.

Ie ne croy pas en ce faifant offencer perfonne, Monfieur.

LVCIDOR.

Ne demeurez pas ceans vn moment, fortez tout à l'heure, allez à mon Maiftre d'hoftel, il vous payera ce qui vous eft deub.

GORIN.

Si cela m'arriue iamais, Monfieur.

LVCIDOR.

Taifez-vous, ne montez pas dauantage cet efcalier.

GORIN bas.

Dieux! quelle eftrange humeur.

LVCIDOR.

Car fi cela vous arriue, ie vous feray defcendre par la feneftre.

GORIN bas.

Ie n'ay iamai fait de fauts perilleux.

SCENE VII.

DIANE, LVCIDOR, LVCINDE, GORIN.

DIANE.

MOn cœur, celuy qui tarde tant à venir au logis, estant principalement nouueau marié, est
signe qu'il n'a pas grand plaisir chez soy.

LVCIDOR.

O ma chere Diane! les occupatiõs de la Cour ne m'ont
pas donné lieu de reuenir plustost, ie tascheray de vous
satisfaire vne autre fois, & de reuenir de meilleure heure, quand ce ne seroit pour ne donner point occasion
aux seruiteurs de ceans de venir me chercher en bas à la
porte, il est plus à propos qu'ils ne prennent pas tant
de licence.

DIANE.

I'y donneray ordre vne autre fois, entrons, ie vous prie.

LVCIDOR bas en entrant.

Honneur, il faut icy dissimuler, vengeance, procedons

I

y difcretement i'ay befoin que vous foyez muette,
parce que l'homme fage execute & fe taift.

SCENE VIII

GORIN, LVCINDE

GORIN.

Lvcinde.

LVCINDE.

Qui a-t'il?

GORIN.

On m'a donné mon congé, ie te quitte.

LVCINDE.

Adieu! qu'il te foit en ayde, ie ne puis arrefter.

GORIN feul.

Ah! l'impudente, Dieu te foit en ayde, dit-elle, comme fi i'auois efternué, voylà comme les feruices font recompenfez à la Cour, fi ie n'auois à cette heure les bônes graces d'vn Prince, qui m'abandonnera pas en cette extremité, que deuiendrois-ie? qu'eureux eft celuy qui comme moy à deux offices, &c.

Fin du Troifiefme Acte.

ACTE IV.
SCENE PREMIERE

LISENE, DIANE.

LISENE.

'Eſt aujourd'huy donc, ma chere ſœur, que nos triſteſſes ſe vont chãger en plaiſirs, c'eſt auiour-d'huy que ie dois eſtre traictée d'Alteſſe, c'eſt auiour-d'huy que tout le monde doit enuier la gloire, qui m'attend, & que mon bon-heur me procurera en m'appellant femme du Prince Sigiſmõd. La Princeſſe m'en-uoye appeller. Le Roy croit que ie reſſemble à Leonor, noſtre Gorin conuerty en cocher me vient de conter cét artifice, dont elle vſe de toutes ſortes de felicitez pour me mettre au comble, mais ſi ie vous ay fait dé-ja ce diſcours, que me ſert-il de vous le repeter. Ma chere ſœur, c'eſt vous qui me mettez la Couronne ſur la teſte, ie ne la tiens que de vous, puiſque iamais le monde n'a veu vne ſœur ſe mettre en telle riſque, que

vous auez fait pour moy. Aussi vous proteste-ie bien,
que vous requerez dans Boheme plus que moy, & que
vous y ferez obeye en fouueraine : comment, ma chere fœur, vous ne me dites mot ? n'estes-vous point ra-
uie de ma gloire : pourquoy ne m'embrassez vous pas.

DIANE.

I'ay peur que l'excez de la joye que vous propofez ne
vous trouble l'esprit ma fœur, ie n'ose prendre plaifir à
rien que la fin de voftre bon-heur n'appaife autrement
mes craintes, ie ne voy rien que des esperances incer-
taines, & des fourbes embrouillées, & il eft encor en
doute ce qui en arriua ; car iufques à prefent ie ne voy
rien de folide & d'affeuré. Parlez, Lifette, à la bonne
heure, & que le Ciel authorife voftre bon-heur & exau-
ce mes prieres. Allez voir la Princesse, Leonor, & plai-
fe aux Dieux, que l'inconftante fortune ne fe ligue pas
contre vous, & ne change pas fes biens & ces gloires
imaginaires en des malheurs certains, & ne fongeons
aux recompenfes que vous dittes que ie merite pour le
feruice que ie vous ay rendu ; c'eft affez d'heur pour
moy, fi ie voy voftre tefte couronnée, mais vn heur fi
extraordinaire me furprend, & me fait douter que le
Ciel nous garde vne gloire fi fort au deffus de nous,
mon pere eft à vne lieuë d'icy à noftre logis des châps,
ie diray au Duc mon mary que vous l'estes allée trou-

uer : car il fçait bien qu'il vous y fouhaitte, ie ne fçay
que penfer de la melancolie ou ie le voy, il femble tout
hors de luy-mefme, quelquefois il parle en luy-mefme fans prendre garde à ceux qui font prés de luy : que
dois-ie faire miferable que ie fuis, fi ayant fceu les deffeins du Prince en voftre recherche, & croyant comme toute la Cour croit qu'il s'addreffoit à moy, il ne
craigne point qu'il continuë fon entreprife, & que fa
jaloufie le rende auffi inquiete, & trifte.

L I S E N E.

Quand cela feroit, quel fujet auez vous d'apprehender
aucune chofe, puifque le tout s'efclaircira aujour-
d'huy, & que voftre innocence paroiftra toute claire ;
mais quoy vous parle-t'il en colere, vous fait-il mauuais vifage ! qui vous donne ces fujets d'apprehenfiõs !

D I A N E.

Lucidor eft fage & difcret, & les hommes bien adui-
fez comme luy font toufiours diffimulez, bien loin de
me hayr, ou fe mettre en colere contre moy, que l'excez des careffes qui me fait augmenter mes foupçons
d'auantage, car elles font à contre-temps, fi ie luy demande le fujet, qui le rend tellement penfif, ie n'ay
autre refponce de luy, que le bras qu'il me tend,
me difant que le foin des affaires de l'Eftat ; auf-

quelles le Roy a en luy tant de confiance, luy donne
ces inquietudes, craignant comme en cét estat, il est
à craindre vn reuers de fortune, qui n'arriue que trop
ordinairement chez les souuerains.

SCENE II.

GORIN, LISENE, DIANE.

GORIN appellant à la porte.

EStes vous prestes de venir Madame?

LISENE.

Entre.

GORIN.

Ie n'ay garde, Madame, ie ne sçaurois sauter, & la fe-
nestre me semble trop haute.

DIANE.

Va, ne crains rien, Lucidor n'est pas au Logis.

GORIN.

Ie n'ay que faire la dedans, le carrosse vous attend à

la porte de derriere, allez vous y en par le jardin , puis
que le Prince qui m'a conuerty en rocher, vous attéd
à la porte de la ville.

LISENE à Diane.

Embraſſez moy , ma chere ſœur.

DIANE.

Allons , ie vous veux voir monter en caroſſe , ie prie
les Dieux que tout ſuccede conforme à voſtre deſir.

SCENE III.

LVCIDOR ſeul.

MOn honneur , vous eſtes en apprehenſion d'e-
ſtre trahy par vne femme , vous eſtes prés de
voſtre mort ſans doute, ſi on n'y apporte les remedes
neceſſaires, le plus grand heur qu'vn homme puiſſe
auoir, c'eſt de trouuer vne femme ſage , vous n'eſtes
pas telle, Diane , puiſque vous taſchez à me faire vn
ſignalé affront, mon ennemy veüille ſans doute pour
m'aſſaſſigner ; celuy dont la maladie eſt longue peut

vſer des remedes lents, mais le ſage Medecin aux ma-
ladies dangereuſes & violentes donne des prompts remedes, que donc la laſciue Diane meure aujourd'huy,
auant qu'elle ait lieu de m'offencer, mais ſi elle meurt
en public, ma honte auſſi ſera publique. Non, ſera le
monde, loüera ſans doute le mary vertueux, qui trem-
pe ſes mains dans le ſang des adulteres; mais ſi cette
mort eſt diuulguée, quel ſang ſera capable de lauer
ma honte, de ſorte que la tâche n'en ſoit pas immor-
telle, il y a des tâches qu'on peut ayſément oſter auec
des remedes, mais il n'y en a point qui puiſſe oſter les
tâches du feu. Mais, Dieux? qui eſt-ce qui doute qu'on
ne doiue point chaſſer la force par la force, & que la
cruauté eſt permiſe en ſe vengeant pour faire reſſuſ-
ſiter vn honneur perdu? n'eſt-ce pas vne loy authori-
ſée de tout temps? ouy, mais ſi l'honneur eſt vn vaſe
fragile de la renommée, depuis qu'vn vaſe eſt vne fois
rompu, quoy qu'on le reface, il n'a iamais la valeur
qu'il auoit auparauant, & n'eſt pas à propos que mon
honneur demeure comme vn vaſe repetacé, ſi ie la
tuë au ſceu du monde, quand on me verra à la Cour,
ce ne ſera plus auec vn applaudiſſement comme i'ay
touſiours eu; au contraire, ie m'imagine que ceux qui
me verront me monſtreront au doigt, & diront voi-
là celuy à qui ſa femme a oſté l'honneur, & dont il
s'eſt vengé par la perte de ſa vie. pourray-je donc effa-
cer

cer iamais vn renom fi honteux ? non , car c'eſt vne
tâche de feu qu'on ne peut iamais oſter ? ouy , ie ſuis
reſolu ? honneur , fay ce que ma colere t'inſpire , puiſque l'injure eſt ſecrette, il faut que la vengeance le ſoit.

D I A N E ſort.

On m'a dit que mon mary eſt icy deuāt , mais Dieux!
qu'il eſt reſueur & triſte , il parle en luy-meſme , & eſt
fi troublé qu'il ne me voit pas , voyons ſans nous mō-
ſtrer , à quoy aboutira cette melancolie.

L V C I D O R ſeul en reſuant.

Ouy , ie ſuis reſolu de la tuer.

D I A N E bas.

Dieux ! qu'eſt-ce que i'entends, qui eſt-ce qu'il a reſolu de tuer.

L V C I D O R ſeul reſuant.

Mais ie ne veux point qu'on me treuue la cauſe de ſa
mort , ny qu'on en ſçache la cauſe , il faut que i'enſe-
ueliſſe auiourd'huy la memoire de Diane,

D I A N E bas.

Qu'entends-ie , iuſtes Dieux ? ie ſuis donc l'objet de ſa
colere, ce n'eſtoit pas ſans ſujet que i'auois peur.

K

LVCIDOR refuant toufiours.

I'ay leu l'hiftoire d'vn grand à qui fes ennemis ayant fait vn pareil affront, fe vengea fecrettement de luy de cette façon.

DIANE bas.

Dieux! il croit que ie l'ay offencé en l'honneur.

LVCIDOR refuant toufiours.

Il le conuia à nager, & en joüant, le noya fans qu'on creuft qu'il l'euft fait à deffein, fi c'eftoit vn autre que le Prince Sigifmond qui procuraft mon deshonneur, ie vangerois mon affront, par ce moyen, mais ie dois trop de fidelité à mon Prince? honneur, cherchez vn autre moyen, mais fur tout qui foit fecret.

DIANE bas.

Comment, juftes Dieux! il croit que ie l'offence auec le Prince Sigifmond.

LVCIDOR toufiours refuant.

I'ay leu auffi d'vn mary fage & aduifé, qui ayant efté traicté de mefme par fa femme, la voyant endormie, il mit le feu à la maifon, & ferma la porte, & quand il l'euft fait l'effort qu'il defiroit, il cria au feu, & demã-

da de l'eau pour l'efteindre, & ainfi il ne fia fon fecret
qu'au feu & à l'eau; il m'en faut faire autant, & reduire cette infame en cendres.

D I A N E bas.

Il veut mettre le feu à la maifon, & me reduire en cendres dedans: Ah! Dieux, luy conteray-ie ce qui fe paf-
fe, ouy: ne hefitons pas dauantage, puis que le peril
eft fi grend.

Elle l'aborde.

D I A N E.

Ah! Monfieur.

L V C I D O R.

Ma chere ame.

D I A N E.

Si j'eftois ce que vous dittes, ie verrois en vous &
moins de mefpris, & n'aurois pas de voftre bouche
des foupçons mal conceuz de mon honneftecé, &
vous ne parleriez pas en vous-mefme vn offence de
mon amour, quel Prince menaffez-vous, quelle femme vous ofte l'honneur, que pour fa peine vous allu-
mez du feu: Et cherchez de l'eau il faut qu'elle vous
offence grandement, puis que vous cherchez deux
Elements pour en eftre les bourreaux, fi vous voulez
vne jufte fatisfaction à vos craintes & à vos foupçons
& vous teniez vos yeux fufpects, preparez vos oreil-

K ij

es , & efcoutez ce que i'ay à vous dire là deffus.

LVCIDOR bas.

Ah ! fecret Efuenté , ne fçauriez vous tenir caché dans
mon ame , fans fortir dehors, puis qu'on dit que les
murailles mefmes ont des oreilles ? voyez combien il
eft important de fe taire. Ma chere ame , ce que ma ré-
uerie me vient de faire dire en moy-mefme ? n'imaginez rien qui vous puiffe donner de l'ombrage au pre-
iudice de l'amour que ie vous porte , par ce que ie ne
me plains point comme offencé de vous, & n'y à perfonne au monde capable de me perfuader que vous
ne foyez pas fage & vertueufe iufques au dernier
poinct ; mais comme ie me fuis marié déja fur l'âge,
& que i'ay toûjours eftimé l'honneur en vn fi haut
poinct , que ie perdrois pluftoft mille vies, que d'y
voir la moindre tâche, voyant l'inegalité qu'il y a de
voftre âge à la mienne. I'ay veritablement fujet d'a-
uo r quelque doute , & quelque foupçon fans caufe,
il eft à croire, car s'il y en auoit, on ne m'auroit point
veu fi retenu. Mon cœur, il eft vray que refueur & me-
lancolique vous m'auez ouy dire icy en moy-mefme, fi
deuant que ie me mariaffe. Le Prince feruoit Diane,
comme i'en ay ouy murmurer , quoy que ie ne foupçonne rien à voftre prejudice, car vne femme ne peut
pas empefcher qu'on ne l'ayme ; & qu'à prefent que

ie fuis marié, il vouluſt continuer la pretention, & que par le pouuoir qu'il a il peut perſuader ma femme à m'offencer en l'honneur. Par quelle voye me pour-rois ie venger d'eux: car il ne faut pas douter que ie ne me vengeaſſe, afin que ma honte fuſt cachée, & qu'on n'en murmuraſt point, & i'ay dit en moy-meſ-me, il la faudroit noyer, car l'eau qui nourriſt des poiſ-ſons muets n'en diroit rien ſans doute, ny le feu qui reduit en cendres tout ce qu'il touche, ne pourroit laiſ-ſer vne langue à vne femme, quand la cendre ſeroit eſpanduë par l'air. En vn homme d'honneur la ſeule penſee d'vn affront receu, pourroit auoir ce pouuoir: voyez ce qu'il feroit, ſi la choſe eſtoit iuſtifiee; mais, mon cher cœur, ne vous eſtonnez point des imagina-tions fantaſtiques d'vn homme reſveur & melancho-que, puiſque voſtre   m'eſt aſſez connuë, qu'il n'y a point de ſeureté pareille à la bonne conſcience, & que vous eſtes bien eſloignee de faire des actions qui me puiſſent porter à de telles extremitez.

D I A N E ſeule.

Voyez auec quel ſage & nouuel aduis il m'a fait en-tendre ſes ſoupçons, il ne ſe plaint de rien, ne teſmoi-gne pas eſtre offencé, & ne veut ouyr aucune ſatisfa-ction, ie me tairay, puis qu'il ſe taiſt, & qu'il veut que ie me taiſe, car celuy que i'excuſe ſans qu'on ſe

plaigne à luy, fatisfait tres-impertinemment. Ma fœur
fe doit marier aujourdhuy auec le Prince; & Lucidor
fortant de cette peine, cognoiftra amplement mon
innocence, & donnera trefve aux foupçons imaginaires qui luy donnent ces inquietudes. Mais fi auparauant qu'il foit des-abufé, il met le feu à la maifon, &
me brufle dedans comme il me menaffe. Non, non,
fortons-en? Allons trouuer ma fœur, qui eft allée voir
la Princeffe, fi elle donne vne heureufe fin à fes craintes: Elle la donnera aux miennes, Lucidor qui me
viendra chercher verra fur le champ fes doutes efclair-
cie, & mon innocence verifiée: Voylà le meilleur remede que i'y trouue, ie repareray ce foir tout en vn
temps, & ces foupçons de mon honneur, & la jaloufie d'vn mary. Ha! qu'on mette promptement les che-
uaux au caroffe.

SCENE IV.

LVCIDOR feul.

POur le moins, mon honneur, vous eftes affeuré de
ne mourir pas aujourd'huy, vous auez vn iour de

ferme: le Prince, Sigifmond, eft allé au deuant de la
Princeffe, il ne vous fçauroit aujourd'huy faire de tort
s'il pretend attendre à demain, la diligence d'y remedier n'eft pas fi preffée. Si ie n'ay autre moyen, le feu
me feruira de bourreau, c'eft à luy feul à chaftier les
adulteres, eftant vn élement pur & chafte, il n'importe d'appaifer Diane dans la refolution, ou elle a
ouy que i'eftois de luy donner la mort, vn coupable
eft toufiours craintif, fans doute elle fe tiendra fur fes
gardes, mais il faut par careffes feintes, affeurer fes
foupçons, voyons pour luy ofter tout ombrage, comme ie pourray feindre en fa prefence auoir de l'amour
pour elle, puis que ie brufle de rage & de defefpoir.
Approchons du logis, Diane, mon cœur, ma chere
ame. Ah! Dieux, elle ne refpond pas: elle ne fera peut-
eftre point au logis, & fe fera abfentée de crainte, cela
eftant, quelle plus grande preuue en puis ie auoir; vn
coupable fuit toufiours, & fuit la juftice, & c'eft ce
qui le   Appellons du monde, hola hau, Car-
deuio, oretio Crifon.

SCENE V.

ORELIAN, LVIDOR.

ORELIAN.

Qve deſire voſtre excellence.

LVCIDOR.

Appellez, Madame.

ORELIAN.

Elle vient de monter en caroſſe, Monſieur, pour aller
au deuant de la Princeſſe, ou toure la Cour va en fou-
le, ayant deſia à ce qu'elle a dit de voir celle qui reſſemble ſi fort à ſa ſœur.

LVCIDOR.

Ie m'eſtonnois qu'elle ne rendiſt pas ce deuoir à la
Princeſſe, ie luy ay dit qu'elle le deuoit faire. Allez,
ſortez d'icy. Iuſtes Dieux ! honneur que iuſques icy
vous auez eſté deceu. Ah ! miſerable Lucidor, quoy
le Prince Sigiſmond & voſtre ſœur Diane la auec luy,

ou

où fans doute ils fe font donnez rendez-vous; toy impertinent, Lucidor, tu crois eftre fage & bien aduifé,
va, ie t'affeure que tu n'és qu'vn fot & vn impertinent,
qui doute qu'en chemin fon amour n'apprefte le thea-
tre de mon malheur, pour feruir d'efchaffaut à ma
honte ? honneur trop laffif & trop retenu on t'a tué
pour n'auoir pas pris garde à toy, T'excuferas-tu que
l'on ne taift pas aduerty ? tu ments, mon honneur, tu
ments, tu n'as eu que trop de temps pour y remedier, tu
l'as negligé, & ie voy qu'il faut que tu en patiffes, tu
reffembles au fecours d'Efpagne, qui ne fert iamais de
rien pour venir trop tard, mais à prefent que me fert de
me taire? fi les oyfeaux, les campagnes & les fontaines
qui la doiuent voir, ne publieront que trop ma honte :
Crions, plaignons nous tout haut, toutefois gardons
nous en bien, il vaut mieux mourir en fe taifant, honneur perdu, ne vous fcandalifez pas vous mefme; toubeau, langue, foyez muette, ce n'eft pas en vain qu'on
peint l'homme fage auec vn cadenas à la bouche ? toubeau, ma honte, & mon infamie, ne dites mot que ie
ne fois vengé; i'ay ouy dire aux Medecins qu'il y a deux
excellents remedes pour s'exempter de maladie, l'vn
eft preferuatif qui confifte à fe medicamenter auant
que l'on foit malade, & l'autre de remedier au mal déjà arriué. Honneur, vous ne vous pouuez feruir du premier, vous eftes arriué trop tard par voftre faute & par

L

mon mal-heur, ie me trouue malade, vſons donc du
ſecond remede, puiſque par ma faute ie n'ay pû preue-
nir le mal, & que ie ſuis tombé dãs le fil en deshonneur
& à la honte, quel remede donc y puis-je donner à preſent, mon Medecin m'ordonne de garder la bouche,
& de n'en faire point d'excez, & fait en cas de maladie la diette eſt le plus aſſeuré remede : gardez donc
mon honneur, la diette du ſilence ; mais n'eſt-ce pas
auoir vn Medecin trop rigoureux de vous ordonner le
ſilence, & ſentant du mal de vous deffendre & vous
plaindre, le veut meſme enfermé dans les creux de la
terre par horribles cris, & par tremblemens de terre
exprime ſa douleur, le monde tremble, & en teſmoi-
gnage de ſon reſſentiment jette les plus releuez baſti-
ments par terre, à peine le moindre zephire touche les
feuilles des arbres qu'elles paroiſſent eſtre toutes lan-
gues, les animaux crient, les oyſeaux ſe plaignent, &
les montaignes & rochers, meſme à faute de langue
crient & ſe plaignent par le moyen des Ecos, vous voulez honneur, que ie me taiſe, & que j'imite le cheual
de Troyes, qui encerroit dans ſon corps, auſſi bien que
ie fais, ſes plus mortels ennemis, & neantmoins ne di-
ſoit mot. O malheur! à nul autre ſemblable, ie voy
qu'on tuë mon ame, & qu'on me veut fermer la bouche, quoy, le Prince Sigiſmond ioüiſſant de ſon laſſif
amour auec Diane, m'affrontera ſi ſenſiblement en

l'honneur, & ie me lairay! ô genereux courage, tu ne
me tiendras iamais digne de toy, si ie souffre cet affrôt
tu effaceras & ma noblesse, & toutes les genereuses
actions que i'ay faictes pour la conseruer: Quoy, murailles, n'auez vous pas, quoy qu'insensibles, la liberté
de parler? le prouerbe commun dit que vous auez des
oreilles, & il est à croire, que celuy qui a des oreilles
peut bien auoir vne langue. Tapisseries, il y en a qui
ont cru que vos figures parlent, puis qu'elles ont rele-
ué ce qu'on ne pouuoit soupçonner d'autres que d'elles, portez plus d'vne fois vos gonds en faisant du bruit
ont parlé, & ont aduerty plusieurs jaloux des crimes
qui se commettoient en vostre presence. Si donc les
rochers, les oyseaux & les bestes, les murailles, les
portes, & les tapisseries ont pouuoir de parler en liberté: pourquoy faut-il que ie me taise, ô desplaisir
sensible? quoy on me tuëra l'ame, & on me fermera
les levres, afin que ie ne me puisse plaindre? mais si le
silence importe si fort, & qu'il soit si necessaire de se
taire. Taisons nous iusques à ce que nous ayons occasion de nous venger; dissimulons pour ce sujet toutes
les offences receuës: imitons la Cigogne que chacun
peut sans langue. Honneur, ressemblez luy en cela,
car vn homme noble qui est affronté, ne doit pas res-
sembler au moucheron, qui ne se venge qu'en criant:
Langue, donc, retirez vous à la prison que l'on vous

ordonne , & remettez toutes vos vengeances aux
maux , & vous autres affrons que reçoit vn homme
comme moy. Vengez les offences que l'on vous fait
si vous pouuez , mais n'ouurez pas les levres , & ne
menassez personne ; imitez le tonnerre, que n'esclaire pas sitost que le coup ne donne , & le fracas de ce
qu'il rencontre ne s'en ensuiue entierement.

Fin du quatriesme Acte.

ACTE V.
SCENE PREMIERE

HENRY seul.

Ayant en fin rendu mes deuoirs à mon Roy, i'ay
voulu les aller rédre à ma maiſtreſſe, il y a deux
mois que ie ſuis abſent de cette Cour enuoyé par mon
Prince en ambaſſade vers l'Empereur, ſa volonté me
ſeruit de loy, quoy que ie n'entrepriſſe le voyage qu'à
regret, abandonnant la preſence de celle que i'adore.
Ah! ma chere Liſene, qui me peut aſſeurer, que ie trou-
ueray en toy quelques reliques de la bonne volonté,
que tu me témoignois au commencement de ma recherche? puis-ie croire, que c'eſt amour qui n'eſtoit
que foiblement eſtably, euſt pû durer en mon abſence: non, non, ie reſſemble ſans doute, à vn pretendant
qui s'abſente, il faut à ſon retour qu'il negocie tout de
nouueau. Faites-en de meſme mes penſees, car enco-

re qu'à mon arriuée il trouue toute cette fabrique par
terre, rebatiſſons-là, puiſque les fondemens ſont toûjours ſur pied. Ie viens de la chercher chez elle, où i'ay
appris qu'elle eſt allee à la campagne, & ne l'y trouuãt
point, ie m'en retourne au Palais. Mais juſtes Dieux!
quelle viſion ſe preſente deuant moy, quel   de
monde deſcend de caroſſe, ie voy Liſene ſans doute,
en habit de dueil, que veut dire cela; approchõs nous
& en apprenons là courſe.

SCENE II.

LISENE, veſtuë de dueil auec grand ſuite, LE PRIN-
CE SIGISMOND, la tenant par la main,
& HENRY.

HENRY.

C'Eſt elle ſans doute qui entre au Palais, qui vient
pour voir la Princeſſe qui doit bien-toſt arriuer,
voylà ſon meſme viſage, & le brillant éclat de ſes be-
aux yeux, mais que veut dire cét habit de dueil qu'elle
porte, ſon pere n'eſt pas mort, car ie l'ay tantoſt veu
par les ruës.

Il parle à Elle.

En quelle qualité, Madame, dois-ie à prefent m'approcher de vous? mais puifque vous ne me faictes point d'autre accueil, ie commence à voir que mes efperances font mortes.

LISENE bas.

Ah! Dieux, c'eft Henry, Comte d'Ouriffel, en quelle mauuaife faifon il vient maintenant, mais il me faut diffimuler de feindre de ne le pas connoiftre, fi c'eft le Roy qui vous enuoye au deuant de moy, ie n'ay pas befoin de fes complimens, puifque i'auray l'heur de me voir bien-toft en fa prefence.

HENRY.

Comment, ingratte? eft-ce ainfi que vous me traictez, fi mes efperances font mortes? eft-ce d'elles que vous portez le dueil, c'eft mal à propos puifque vn homicide ne porte iamais le dueil de celuy qu'il tuë.

SIGISMOND.

Vous vous mefprenez, Comte, vous ne fçauez pas à qui vous parlez, refvez vous, ie vous prie.

HENRY.

Il eft vray que ie ne fçay pas à qui ie parle, ie penfois

parler à vne personne qui se souuiendroit des seruices
que ie luy ay rendus, & qui n'en seroit iamais ingratte, mais ie m'adresse à vne qui les a oubliez, & qui
fait gloire de son infidelité.

LISENE.

Que veut dire cela, justes Dieux! c'est homme a-t'il
perdu l'esprit qu'on, le fasse sortir de là promptement.

GARDE.

Sortez promptement d'icy.

SIGISMOND.

Toubeau, Comte, regardez ce que vous faictes?

HENRY.

Cruelle, est-ce ainsi que l'on me traitte?

LISENE.

Si c'est quelque plaisant que le Roy enuoye pour me
diuertir, ses boufonneries sont bien froides, & il prēd
fort mal son temps, car maintenant que ie pleure la
mort du Prince mon frere, ie ne prends guere de plaisir à ces bouffons entretenus.

SIGISMOND bas.

Cest homme icy nous embarasse.

LISENE.

Qu'on le fasse sortir promptement.

HENRY.

Comment? cruelle, mesconnoissez vous Henry Comte d'Ourissel.

GARDE.

Sortez d'icy, la Princesse ne prend pas de plaisir à vos bouffonneries.

HENRY.

Quelle Princesse, justes Dieux!

SIGISMOND.

Comte, considerez ce que vous faictes, & que celle à qui vous parlez est Leonor, Princesse de Hongrie.

HENRY.

La Princesse de Hongrie, Monsieur, ie croy que vous me voulez faire deuenir fol.

SIGISMOND.

Non, Comte, ce que ie vous dis est la pure verité, vous n'estes pas tout seul qui y estes trompé pour la

M

grande reſſemblance qu'elle a auec celle pour qui vous la prenez.

HENRY.

Veille-je, ou ſi ie dors, ſans doute qu'il y a icy quelque fourbe? n'eſt-ce pas Liſene, de quel artifice vſe-t'on pour m'aſſaſſigner, ou pour me faire perdre l'eſprit.

GARDE.

Place, voicy le Roy qui vient.

SCENE III.

LE ROY, LISENE, LE PRINCE, HENRY,
Gardes & ſuitte de DIANE.

LISENE veſtuë de dueil.

Qve voſtre Majeſté, Sire, me dóne, s'il luy plaiſt, la main à baiſer, puis qu'en elle ie rencontre vn pere & vn Prince Sigiſmond vn eſpoux.

LE ROY.

Le Prince vous a déjà donné la ſienne, & moy ie vous
M

offre mes bras ; excufez la trifte reception que l'on vous a faictes , mais i'ay appris que vous ne vouliez pas entrer en cette Cour auec plus grand appareil.

LISENE.

Il ne m'a pas femblé à propos de témoigner tant de réjoüiffance veu la nouueauté de mon dueil.

LE ROY.

Voftre prefence, ma fille, réjoüiroit grandement toute Cour, fi la trifte nouuelle de la mort du Prince voftre frere n'en diminuit la joye.

HENRY bas.

Que veut dire cecy, grands Dieux ! fe mocquent-ils tous de moy , ou ay-ie perdu l'efprit ! ou font-ils infenfez eux-mefmes.

LISENE.

L'ayfe que i'ay de voir voftre Majefté diuertis ma melācolie, & effuye les pleurs que ie refpans pour la mort de mon frere que la parque m'a rauy fi jeune.

SIGISMOND bas.

Elle feint parfaitement bien : & bien, Monfieur, vous ne formerez plus de plainte de moy que ie n'obeiffe pas à vos volontez.

M ij

LE ROY.

Ie croy, veu le diuin sujet, que le Ciel vous donne, que
vous n'aurez pas beaucoup de peine à m'obeïr, & vous
auriez perdu le sens si vous n'en n'auiez pas vne satisfa-
ction toute entiere.

LISENE.

Ie voudrois auec la Couronne de Hongrie dont i'herit
maintenant pouuoir offrir au Prince Sigismond l
possession d'vn monde tout entier, encor seroit-c
peu pour ce qu'il merite.

SIGISMOND.

Ie tiens plus glorieux de la possession de vostre personne, que de celle de toutes les Empires de la terre.

HENRY bas.

Quoy ils ont tranformé Lisene en Leonor, quelle fou
be est-ce-cy, justes Dieux !

LISENE.

Encor seroit-ce trop peu qu'vn Prince de vostre merite.

HENRY bas.

Ou tous sont deuenus fols, ou il faut que ie le sois moy

mefme, quoy, fouffre-t'on cela dans cette Cour.

LE ROY à HENRY.

Comte, mon Coufin.

HENRY.

Que vous plaift-il, Sire?

LE ROY.

Il femble que vous receuez cette commune joye auec triftelle, qu'auez vous.

LISENE.

Qui eft-ce, Môfieur, que vous appellez voftre coufin.

LE ROY.

Le Comte d'Ouriffel que voylà.

LISENE.

Iuftes Dieux! qu'eft-ce que ie viens de faire, pardonnez moy ie vous prie Comte, fi fans vous connoiftre, ie ne vous ay pas receu comme vous meritez, i'en dois auoir grande honte, mais auffi deuiez vous vous faire connoiftre.

LE ROY.

Qu'auez vous eu donc auéc luy.

LISENE.

Il m'a appellée ingratte & cruelle, me reprochant que ie ne correfpond pas à l'affection qu'il difoit me porter, & m'appellant par vn certain nom, qu'à la fin ie me fuis bien apperceuë qu'il me prenoit pour vne autre.

LE ROY.

La fourbe eft plaifante, s'il vous a prife pour Lifene.

LISENE.

Ouy, Monfieur, c'eft ainfi qu'il m'a nommée.

SIGISMOND.

Ie ne m'en eftonne point, car ie vous iure que i'y aurois efté pris moy-mefme.

LE ROY.

C'eft ce qu'on m'a dit qu'il y a vne fille en cette Cour
de ce nom-là qui vous reffemble naturellement.

HENRY.

Et fi naturellement, que c'eft vous-mefme, ou i'ay
perdu l'efprit.

LISENE.

On m'en a veritablement parlé, fi c'eft pour elle que
vous m'auez parlé, Comte ie vous excufe, ie ferois
extremement aife de la voir.

LE ROY.

Ie croyois qu'elle euft efté au deuant de vous.

LISENE.

I'en euffe efté extremément aife.

HENRY bas.

Sans doute il faut que ie me fois trompé, mais fi Lifene
& elle font deux, la Nature n'a iamais fait vn fi grãd
miracle.

LE ROY à DIANE.

Comment, Ducheffe, vous auez auffi pris la peine d'aller au deuant de la Princeffe,

DIANE.

Puifque c'eft ma fœur à qui voftre Majefté fait tant

d'honneur de luy donner ce tiltre, i'en ferois indigne
si ie manquois à luy rendre le deuoir.

LE RO .

Que dites vous, ie ne vous entends pas.

DIANE.

Ie parle ainsi, Sire, parce que celle que vous voyez
deuant vous est ma sœur Lisene, & ie ne m'estonne
pas peu que vous l'appelliez Leonor.

LE ROY.

Que veut dire cela, iustes Dieux! vous mocquez vous
tous de moy.

SIGISMOND bas au Roy.

Appaisez vous, Monsieur, Diane y est trompée, aussi
bien que le Comte Henry, & croit en effet que ce soit
sa sœur, & qu'elle est mariée auec moy.

LE ROY.

Que dites vous?

SIGISMOND.

La verité, Monsieur.

LE ROY.

Veritablement cette ressemblance si grande donne
lieu à de si plaisans diuertissemens, il suffit, ie ne veux
pas que Diane se plaigne, qu'on se soit mocqué d'elle, qu'on la destrompe.

SIGISMOND.

C'est le plaisir de la Princesse.

LE ROY.

Si la Princesse l'ordonne, ie le veux bien.

SCENE IV.

FISBERT, LE ROY, SIGISMOND, LISENE,
HENRY, DIANE, & suitte.

FISBERT.

AVant que la fourbe passe plus outre au prejudice du Roy, ie iure Dieu que ie la tuëray?
Non, non, ie ne veux point de Princesses pour filles
acquises par fourbe & tromperie, il faut que i'en di-
uertisse le Roy.

LE ROY.

Qui a-t'il, chere Fisbert? qui vous trouble.

FISBERT.

Quoy, Sire, n'ay-ie pas raison d'estre en colere, si
ayant seulement par le conseil que i'ay donné à vostre
Majesté, empesche que le Prince n'espousast ma fille
Diane, ie voy qu'il donne la main à mon autre fille Lisene, & si sont vn dais Royal où ie l'ay veuë tantost pas-
ser, le peuple à haute voix l'appelle sa Princesse.

LE ROY.

LE ROY.

Que veut dire cela?

SIGISMOND bas au Roy.

Il y est trompé, Monſieur, auſſi bien que les autres, il croit que ce ſoit ſa fille, comme Diane la prend pour ſa ſœur.

LE ROY, bas au Prince.

La fourbe veritablement eſt aſſez agreable, mais il eſt temps de ſe deſabuſer, & n'eſt pas raiſonnable que le bon homme s'altere dauantage.

SIGISMOND au Roy.

Non, Monſieur, c'eſt le baiſer de la Princeſſe.

LE ROY à Fhiſbert.

Fiſbert, appaiſez vous, il eſt neceſſaire par raiſon d'Eſtat que cela ſoit, & qu'elle eſpouſe mon fils.

FISBERT.

Si voſtre Majeſté le trouue bon, Sire, & que ce ſoit pour le bien de l'Eſtat, i'en ſuis rauy de joye, & en beny les Dieux.

LE ROY.

Ouy, vous dis-je, ne vous en mettez pas dauantage en peine.

FISBERT.

Au contraire, Sire, ie beny ſa bonne fortune, à laquelle il ne peut que ie ne participe.

N

SCENE V.

LVCIDOR, LEONOR, LE ROY, ALBERT,
SIGISMOND, LISENE, DIANE, HENRY,
GORIN, & suitte.

LVCIDOR bas.

Mon inquietude & mes pensées m'entraisnent hors de moy sans sçauoir où ie voy; mais iustes Dieux, me voicy deuant le Palais, en presence du Roy & de la Princesse que ie croy. Voylà le Prince Sigismond, & mon ingratte espouse.

L'Infant Albert enrretenant Leonor par la main.

LE ROY.

Mais Prince, quelle est cette belle Dame que vostre frere Albert meine par la main, dont le merite & la majesté m'estonne.

LEONOR.

Ie suis grand Seigneur Leonord, la veritablement Prin-

ceffe de Hongrie, & voftre fille, fi vous l'auez agreable, puis qu'auec cette Couronne, ie donne auec voftre permiffion la main au Prince. Albert voftre fils en
qualité de fa legitime efpoufe.

LE ROY.

Que veut dire cela que vous foyez la Princeffe, & que
l'on m'aift joüé tout aujourd'huy ?

LEONOR.

C'eft moy qui fuis caufe de tout, Monfieur, & qui
vous en demande pardon, comme l'ayant fait par
amour, en arriuant en cette Cour i'ay fceu l'aduer-
fion que le Prince Sigifmond auoit pour moy eftant
engagé ailleurs, & m'eftant laiffé emporter aux meri-
tes & gentilleffes du Prince Albert, qu'auec voftre
permiffion i'ay choifi pour mon mary.

LE ROY.
Donc cette autre icy eft Lifene.

SIGISMOND à genoux.
Et ma femme, Monfieur.

LISENE à genoux.
Et voftre fille, Sire.

LE ROY en colere.
Auant que ie fouffre vn tel affront, la mort de fes
traiftres donnera exemple.

LEONOR à genoux.

Grand Prince prosternée à vos pieds ie demande cette grace & pardon pour eux, si voftre Majefté fe fouuient d'auoir efté autrefois jeune comme eux, vous excuferez aifément les fautes commifes par amour.

LE ROY.

Comment ie fouffrirois vne inegalité fi grande?

LEONOR.

L'amour égale toutes chofes, outre que à ce que i'entends, quoy que la fœur ne foit pas Princeffe, & foit née voftre fujette, elle eft d'illuftre famille, & plufieurs de bien plus bas lieu qu'elle, font paruenus à la Royauté ! vous laiffez deux fils que vous auez feuls heritiers de deux grands Royaumes.

ALBERT.

Côfiderez, Môfieur, que c'eft le plaifir de la Princeffe,

LEONOR.

Ie demande de rechef cette grace à voftre Majefté, vous affeurant que ie le feray trouuer bon au Roy mon pere.

LE ROY SIGISMOND.

Quoy, traiftre! n'aymois-tu pas Diane.

SIGISMOND.

Non, Monfieur, Lifene a toufiours efté l'vnique objet
de mes penfees, & n'ay iamais eu d'inclination pour
autre.

LVCIDOR bas.

Si ce que i'efcoute eft vray, y a-t'il homme au monde
plus heureux que moy, voyez moy honnour, qu'il
fait bon fe taire.

LE ROY.

Mais le papier & le portrait que Fifbert trouua entre les
mains de Diane, & le iour qu'elle fe maria, les reffen-
timens que tu en tefmoignes, comment cela fe raporte
t'il à ce que tu dis.

LISENE.

Ma fœur lifoit la lettre, & tenoit le portrait, quand
mon pere entra en colere dans noftre jardin, ma fœur
le mit dans fa manche, ou mon pere le trouua, ce
qu'il fit croire, qu'il s'addreffoit à elle.

DIANE.

Et moy pour le defir que i'auois de voir regner ma
fœur, ie fouffrois pour lors fagement fans repliquer
les reproches & injures de mon pere, & recommande
le furplus au fecret, ayant eu ma part d'vne telle ad-

uenture, puiſque le Ciel m'a fait ſi heureuſe de me dô-
ner vn ſi digne mary, comme il eſt Lucidor.

GORIN.

Sire, comme teſmoin de tout ce qu'ils diſent, j'atteſte
que c'eſt la pure verité.

FISBERT.

Pour le moins, Sire, voſtre Majeſté n'aura pas ſujet de
ſe plaindre de moy, que ie ne l'aye fidellement aduerty de tout.

LE ROY.

Il eſt vray, & voſtre generoſité, Fiſbert, ne merite pas
moins que d'auoir vne fille Reyne, & vous les princi-
pales charges de ma Cour. Cette hiſtoire eſt trop belle
& ne merite pas de s'acheuer en Tragedie, Leonor, ie
leur pardonne pour l'amour de vous, & les reçoy pour
mes enfans puiſque vous le deſirez.

SIGISMOND & LISENE.

Que voſtre Majeſté viue vne infinité d'annees.

FISBERT.

En fin, Sire, vous voulez rehauſſer noſtre baſſeſſe, &
conſentez que ma fille donne des Roys ſucceſſeurs à
la Boheme.

LE ROY.

Que les Dieux le permettent ainſi Fiſbert.

HENRY.

Et bien, Sire, vous ne me vouliez pas croire, voyez si i'auois raison.

GORIN à SIGISMOND.

Et moy qui a esté le fidelle confident de vos amours, quelle recompence ferez vous !

SIGISMOND.

Ie te fais mon valet de chambre.

FLORIN.

Valet de Chambre vn Cocher.

GORIN.

Taisez vous, le soleil qui nous esclaire ne fait-il pas l'office de cocher.

FLORIN.

Vostre Altesse luy pouuoit donner vn autre office.

GORIN à LISENE.

Ne le trouuez vous pas bon, Madame.

LISENE.

Ouy, Gorin.

GORIN.

Taisez vous donc, c'est le plaisir de la Princesse.

LVCIDOR bas.

Tout homme jaloux comme moy se taise, & sage-ment qu'il verifie les soupçons, qui le plus souuent

se trouuent faux, comme ont esté les miens, si j'eusse fait éclatter ma ialousie, on eust eu sujet de se
mocquer de moy.

LE ROY.

Entrons donc tous, & celebrons le double mariage.

Fin du Cinquiesme & dernier Acte.

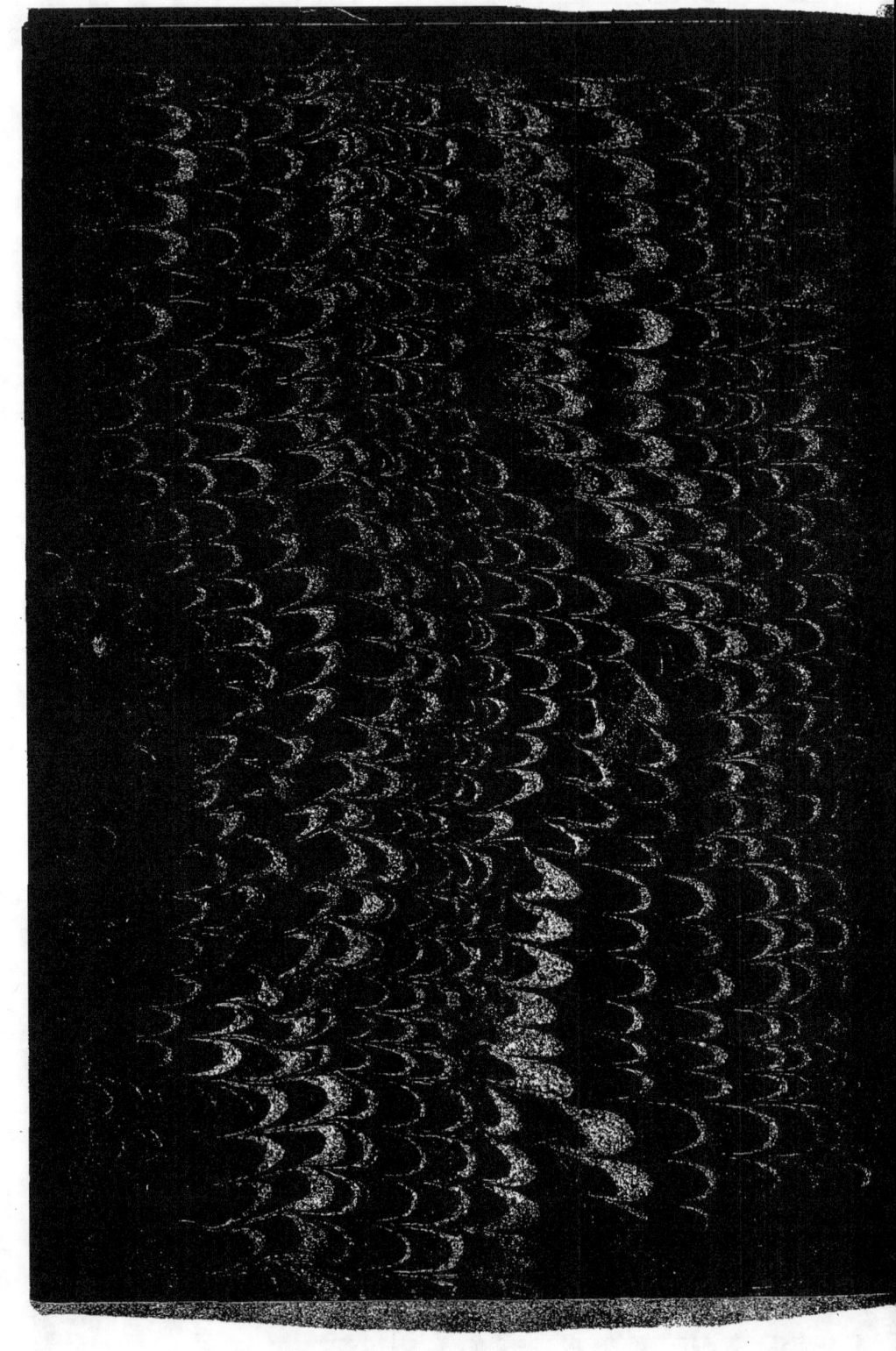